浮世の豆腐

一膳めし屋丸九㊁

中島久枝

時代小説文庫

角川春樹事務所

目次

一膳めし屋
丸九《まるきゅう》 二

浮世の豆腐

第一話　昨夜《ゆうべ》のかつお

一

桜が散って、若葉の季節になった。春から初夏へ、季節は駆け足で進んでいる。

明け方、空が薄青くなり、明けの明星が最後の光を放つころ、日本橋北詰《きたづめ》近くにある一《いち》膳《ぜん》めし屋丸九《まるきゅう》の朝がはじまる。大鍋《おおなべ》でとったかつおだしの香りが厨房《ちゅうぼう》に満ち、三升炊《さんしょう》きの大釜《おおがま》が湯気をあげ、野菜を切る音が響いていた。

おかみのお高《たか》は二十九になる大柄《おおがら》な女で、肩にも腰にも少々肉がついたが、きめの細かい肌はつややかで、髷《まげ》を結《ゆ》った黒々とした髪は豊かだ。黒目勝ちの大きな瞳はいきいきとしている。

手慣れた様子で料理を盛り付けているのはお栄《えい》だ。お高の父親の九蔵《きゅうぞう》が生きていたころから丸九で働いていた女で、年は四十八。小さな体でやせていて、きびきびとよく動く。細い目に小さな口。その口がときどき厳しいことを言う。

お近《ちか》は膳をふいたり、箸《はし》をおいたりしている。やせて小さな顔にくりくりとした目ばかり目立つ十六の娘で、本人は気にしているが頬《ほお》のそばかすがかわいらしい。

丸九はおかみのお高とお栄、お近の三人で回している一膳めし屋だ。

朝も昼も白飯に汁、焼き魚か煮魚、野菜の煮物か和《あ》え物、漬物、それに小さな甘味《かんみ》がつく。凝《こ》った料理は出ない。めずらしい素材も使わない。毎日食べても飽きない、いつものおかずだ。けれど、ふっくらと炊きあげた白飯、香りのいいみそ汁、ご飯がすすむ少し濃い目の味つけのおかずは、日本橋界隈《にほんばしかいわい》の男たちをひきつける。

ひそかな人気は小さな甘味で、これはお高が九蔵から店を引き継いでから加えた。自分が甘い物が好きだったせいもあるが、食事の後に甘い物を食べるとほっとする。忙しく働く男たちにひと息入れてもらいたいと考えたもので、思いのほか好評で持ち帰りを頼む客もいる。そのほか、五と十のつく夜は店を開く。このときは酒を出す。もっとも酒の肴《さかな》はごく簡単なものしかない。

明かり取りの窓から朝の光が差し込んできた。

店の前には、魚河岸《うおがし》で働く男たちや暗いうちから漁に出た漁師、朝一番の荷を届けた舟の男たちが腹を空《す》かせて待っているはずだ。

「お近ちゃん、もういいわよ。のれんを上げて」

お高が声をあげた。

「はあい」

元気のいい声をあげてお近がのれんを上げる。

「おお、やっと開《あ》いたのか。腹が減って死にそうだよ。今日の飯はなんだ」

「とりあえず、熱い汁が飲みてぇなぁ」

男たちはそんなことを口々に言いながら店に入って来た。

丸九はお高の父の九蔵がはじめた店だ。

九蔵は両国《りょうごく》の英《はなぶさ》という料亭で板長をしていた男である。贅沢《ぜいたく》な料理で知られた名店で、客は大名、旗本《はたもと》、大店《おおだな》の主人たち。飛脚《ひきゃく》で取り寄せた走りのかつおや青いみかんも膳に並んだ。そんな英を辞《や》めて丸九を開いたのは十五年前のことだ。ひとつには病に臥《ふ》せった女房のおふじのそばにいてやりたかったからであり、もうひとつは働く男たちのためにうまい飯を食べさせたかったからである。

おふじが亡くなり、その後九蔵も病に倒れ、娘のお高が店を引き継いだのは八年前、お高が二十一のときだ。変わらず店は流行《はや》り、お高は九蔵が心配した通り、嫁にいくこともなく忙しく日々を過ごしている。

お高の耳に、その日の献立《こんだて》を説明しているお近の声が響いてきた。

「今日の魚は鰆《さわら》のみそ漬け焼き、うどのきんぴら、ぬか漬けにわかめと豆腐《とうふ》のみそ汁、甘味は白玉《しらたま》団子の黒蜜《くろみつ》がけです。鰆は脂《あぶら》がのっていて、おいしいですよ」

ついこの間までいわしと鯵《あじ》の区別もつかなかったお近が、すっかり慣れた調子で説明をしている。

大きな飯茶碗《めしぢゃわん》に同じく大きな椀《わん》になみなみと汁をよそう。鰆は信州《しんしゅう》みそにみりんを加えたみそ床《どこ》にひと晩漬けてから、こんがりと焼きあげた。みその風味にみりんのこくが加わって、旬《しゅん》の鰆のうまみが増す。香りのいいうどはごま油でさっと炒《いた》めて、醬油《しょうゆ》と砂糖をからめた。火を入れすぎずにさっと仕上げるのが、こつだ。みそ汁もかつお節をたっぷりと使っておいしいだしをとって、春のやわらかいわかめを入れた。

朝一番の男たちが好きな食べ方は、熱いご飯にざぶりと汁をかけ、まず一杯。少しお腹《なか》が落ち着いたらご飯のお代わりをもらって、魚とともに味わう。三杯目は皿に残った汁や野菜、漬物で食べて、最後の甘味とお茶でほっと息をつくというものだ。力のありそうな大きな手でがっしりと茶碗をつかみ、かき込むように食べていく。

その食べ方は豪快で、気持ちがいい。

そんなふうに食べているから、味わっていないのかと思うとさにあらず。河岸《かし》で働いていたり、漁師だったりするから味にはうるさい。

今でこそおいしいとほめられるが、お高が店を引き継いだ最初は厳しかった。「こんなに固く煮込まれたら、魚も成仏《じょうぶつ》できねぇなぁ」などと言われたものだ。

朝一番の男たちが去ってお客がまばらになると、お高たちの朝ご飯だ。残った汁と、お櫃《ひつ》に残ったご飯でつくった握り飯でひと息つく。

「お客さんからかつおはまだかって聞かれました」

お近が握り飯を頰張《ほおば》りながら言った。

「まぁだ、走りじゃないか。そんな高い材料は使えないよ」

お栄がぴしゃりと答える。

江戸っ子は初物《はつもの》好きだが、なかでも初夏に出回る初がつおは誰しも思い入れが深い。脂ののったとろりとした舌ざわり、少しくせのある味と香り。炭火で表面をさっとあぶり、薬味をたっぷりのせたかつおのたたきを食べると、今年もこの季節が来たと実感する。

「あと、十日ぐらいかしらねぇ」

お高は算段する。

初物はめずらしさが値打ちである。水揚げの数も少ないから、当然値は高い。しばらく待てば値も落ち着いて、丸九でも使えるようになる。

「走りのかつおは脂が今ひとつだ。わざわざ高くて、おいしくないもんを食べたがる人の気持ちが分からない」

お栄は手厳しい。

「あたしはかつおを食べたことがないから、楽しみだな」

お近が無邪気な口調で言った。母ひとり子ひとりの貧しい暮らしで料理らしいものは食べてこなかったという。丸九に来てから、少しずつ魚や野菜の名前を覚えている。

「そうねぇ。私も楽しみ。早く食べたいわよね」

お高が言った。

しばらくして、ひと仕事終えた仲買人《なかがいにん》や仕入れをすませた料理人たちがやって来る時間になった。さすがに三杯飯は少なく、ある者は忙しそうに、またある者は少しゆったりとした顔つきで味わっている。

「おぬし、ひと口乗らないか？」

「なんの話だ？」

「富《とみ》くじだよ」

そんな話をしているのは、どこかのご家中《かちゅう》の三人の侍である。

昨今、日本橋界隈の人々の口にのぼるのが、近くの稲荷《いなり》神社が社《やしろ》修繕の資金集めに出す富くじである。富くじは射幸心《しゃこうしん》をあおるとして禁止になったが、少額のものは続いている。

稲荷神社の出す富くじは一等が三十両、二等が十二両、三等が四両。金額は少ないが、その分、当たる確率は高いらしい。四人で分けられる割符《わりふ》もあるから、気軽に夢を買うことができる。

「仕方ねぇなぁ。十五文でいいのか」

ひとりが財布から銭《ぜに》を出した。

「よし、これで四人そろった。一蔵《いちぞう》、お前はどうする？」

「わしはひとりで買う」

一蔵と呼ばれた四角い顔の頑固そうな男が言った。

「ほう、豪勢《ごうせい》だ」

「そのかわり、当たっても誰にもやらん」

「ああ、いいよ」

残りのふたりは笑いながら汁をすすり、鰆を食べる。

「飯をおごってくれと言われても出さないし、金を貸してくれと言われても断る」

さらに念を押す。

「分かった、分かった」

「むろん、そうだ。お前の金だ」

ふたりは確約し、ようやく男は納得したようだ。

その日、昼遅くにやって来たのは、常連の惣衛門《そうえもん》だ。かまぼこ屋の隠居で六十をいくつも過ぎている。みごとな銀髪に面長《おもなが》、鼻筋の通った役者顔である。いつものように奥の小上がりに座る。

「毎度、ありがとうございます」

お高が膳を運ぶと、惣衛門はうれしそうな顔をした。

「おや、今日は鰆のみそ漬けですか。いいですねぇ」

「へぇ、白玉団子の黒蜜がけかい。楽しみだね」

やって来たのは、端唄師匠《はうたししょう》のお蔦《つた》である。五十を過ぎているらしいが匂《にお》うような色気がある。酒も飲むが、甘味も大好きだ。

「なんだ、出遅れちまったかぁ」とにぎやかにやって来たのは、酒屋の隠居の徳兵衛《とくべえ》。狸顔《たぬきがお》の丸っこい体つき。お調子者だが、憎めない。

いつも三人で奥の席に陣取り、ああだ、こうだとおしゃべりしながら過ごしていく。五と十の日は夜もやって来て、酒を飲む。

「しかし、何だねえ。ついこの間は花見だなんて言って浮かれていたのに、もう葉桜ですよ。今日なんか暑くて汗が出るくらいでした」

惣衛門が言う。

「初がつお、なんてのも、そろそろですかね」

徳兵衛が甘えた様子でちらりとお高の顔を見る。

「まだ、もう少しお待ちください」

お高はすまして答えた。

「そうですよ。丸九はふだんの料理をおいしく出す店ですからね、走りのかつおを高値づかみなんかしないんですよ。川柳《せんりゅう》にあるでしょう？　初がつお、値《あたい》を聞いて買うものでなし、なんてね」

惣衛門が諭《さと》す。

「そうだよ。煮るように切ってくれよと飲まぬ奴《やつ》ってのもあるね。丸九の料理はご飯がおいしく食べられるようにつくってあるんだ。たたきじゃなくて、角煮のほうだね」

お蔦も続ける。

生姜《しょうが》をきかせて、醬油とみりんで甘じょっぱく仕上げたかつおの角煮は去年も出した。味が中までしみていて、ご飯のおかずになる。皿に残った汁を白飯にかけて食べる者も多かった。

「今年もつくるつもりですよ」

お高は答えた。

昼に炊いたご飯が終わって、店じまいかと思った時分だ。お栄の古くからの友達のおりきがやって来た。

おりきはお栄と同じ年の四十八で、十年ほど前に亭主に死なれて、今はひとりで小さな小間物屋《こまもの》を営《いとな》んでいる。目じりがきゅっとあがったきつね顔だ。頬がふっくらとしているせいか、年よりも若く見える。自分でもそのことは分かっていて、着物も髪型も若作りだ。

「ごめんね、おりきちゃん、もう、うちは店じまいだよ」

お栄が言った。

「いいのよ。話があって来たんだから。ねぇ、富くじを買わない？」

おりきは誘うような目をした。

「噂《うわさ》になっているおいなりさんの富くじだろ。いいよ、あたしは」

お栄はにべもない。お栄は始末屋だから、元が取れないものにははなから興味がないのだ。

「そんなつれないこと言わないでさ。四枚の割符のやつで、三人はいるの。もうあとひとりいると、ちょうどいいのよ。十五文で当たれば三十両。ひとり七両二分よ。悪かないでしょ」

「当たればの話だろ。一等は何人に当たるんだよ」

「一等だから、ひとりに決まっているでしょ。でも、二等は五人、三等は十人も当たるんですって」

「それで、何人が買うのさ。ばかばかしい。神社の普請《ふしん》の金集めなんだから、当たるのはほんのひと握りで、あとはみんなはずれってことじゃないか」

「ほかに頼む人がいないのよ。お願い」

おりきはそう言って手を合わせ、拝む真似《まね》をした。

あとのふたりはおりきの店の二軒隣のみそ屋の主《あるじ》の平治《へいじ》と、その友達で呉服屋の番頭の長八《ちょうはち》だという。三人で店に来たことがあったので、お高も顔を知っている。

平治は四十過ぎで、小太りのおとなしげな様子の男だ。女房と十五を頭《かしら》に三人の子供がいる。長八は独り者で、甘い顔立ちをしている。女相手の仕事をしているだけに如才《じょさい》ない。

「じゃあ、仕方ないねぇ」

お栄は渋々という感じで、財布から金を出した。

二

それから十日ほど過ぎ、富くじの抽選の日が来た。

神社の庭でくじの番号を入れた札を箱に入れ、子供が針をつけた棒で突き刺して取り出す。一等から三等までは太鼓《たいこ》をたたいて、大きな声で番号が呼ばれるという。

「いよいよ今日だ」

「神社に行ってみるか」

そんな客たちの声が聞こえる。

だが、どうせ当たりっこないと決めているお栄は、はなから神社に行く気もない。

昼からの客にそなえて、裏の井戸端で米をといでいた。

おりきが顔を出した。

「ああ、お栄さん、ここにいたんだ。大変だよ」

「なんだよ、騒々《そうぞう》しいねぇ。どうしたんだい？」

走ってきたのかおりきの顔は真っ赤で、肩を大きく上下させて息をしていた。

「例の富くじさ、当たったんだよ。お栄さん、あのくじ、捨てないでちゃんと持っているよね」

おりきはひと息に言った。

「ああ、あるよ。財布にちゃんと入っている。一等が当たったのかい？」

「いや、三等だった。四両だよ」

「そうすると、ひとり一両かぁ。なかなかな金だねぇ」

さすがのお栄も顔がゆるんだ。

おりきはお栄からくじを受け取ると、これから平治と長八のところにも行くと言って、忙しそうに去っていった。

お栄はその日、伊勢屋《いせや》の団子を買ってきてお高とお近にふるまった。

「あら、どうしたの？」

お高がたずねた。

「いや、じつはね、例の富くじが当たったんですよ」

お栄が言った。

「すごい。一等？」

お近が身を乗り出す。

「一等じゃないよ。三等。でも、ひとり一両になる。だから、これはおすそ分け」

「じゃあ、遠慮なく」

手を出したのは、お高よりお近が先だった。

伊勢屋の団子は歯切れがよくて、こしがある。そのくせ、口に入れるとやわらかい。毎朝、うるち米を蒸して搗《つ》いて団子にしたものだ。亭主が搗いて、おばあちゃんが団子に丸め、それを女房が串《くし》に刺す。

仕上げるのは女たちの仕事だ。

みたらし団子は注文が入るたび、火鉢で焼く。焦げ目がついてぷっとふくらんだら、とぽんと甘じょっぱいたれの入った壺《つぼ》に漬ける。べっこう色のたれがからんだら出来上がり。

こしあんは、焼き目をつけない。白い団子にへらでたっぷりとあんをのせる。無造作にへらを動かしたように見えるが、あんの先はすっとがって、きれいな形に決まるのだ。

「ああ。おいしい」

お高は声をあげた。疲れたときの甘い物は格別だ。

「ねぇ、お栄さん。これで、おすそ分けはおしまい？　あたし、ほしいものがあるんだけど」

お近が甘えるような目をした。

「えぇ？　なんだって？」

お栄は驚いて声をあげた。

「だって、十五文が一両になったんでしょ。お栄さんは何にもしないのに」

「だけど、はずれればそれっきりさ。それがくじってもんだよ。たまたま、今回は運がよかったんだ」

「だからさぁ」

お近はなおもねだるつもりらしい。

「少し図々《ずうずう》しいわよ。これはお栄さんのお金なのよ」

お高がたしなめた。

おすそ分けをねだるのはお近だけではないらしい。

その日、以前、富くじの話をしていた侍たちがやって来た。当たっても自分ひとりのものにすると言っていた四角い顔の男は来ない。残りの三人である。

「一蔵が一等に当たった」

「本当か？」

「ああ。神社にあの男が来ていた。一等の番号が読み上げられたとき、飛び上がらんばかりに喜んだ」

「そうか、三十両か」

「うらやましいなぁ」

三人はそれからしばらく黙って汁を飲んだり、飯を食べたりするのに専念した。

「それじゃあ、宴《うたげ》を開かないといかんな」

ひとりがつぶやいた。

「そうだな。金は貸さんと言っていたが、宴くらいはいいだろう」

どうやら、一蔵の金をあてにして酒を飲む算段をしている。

「おごらされるのねえ」

その話を小耳にはさんだお高がつぶやいた。

富くじに当たると、寄付をくれ、金を貸せという人が集まって来るそうだ。結局、手元にはあまり残らなかったという話も聞く。

一蔵はそれが嫌だから、最初からくぎを刺したのだろう。

しかし、思うようにはいかないものだ。

お栄は一蔵という男が気の毒になった。


おりきがみんなの当たりくじを持って金に換えてきたので、その晩、平治、長八、お栄におりきの四人はいつもの居酒屋に集まった。

「はい、これは平治さんの分、こっちは長八さん、それでこれがお栄さん。確かめてね」

おりきは三人に金を渡した。

おりきはせっかくだから、もう少しいい店で飲みたいと思ったらしいが、平治も長八もそれぞれ使い道があるらしく、いつも通りでいいと言ったそうだ。

「俺に富くじが当たったことは、ほかの人には黙っていてくれ。でないと、店の者にごちそうする羽目《はめ》になるからな」

長八が言った。

「まったくだよ。うっかりかみさんに知れたら、すぐ取り上げられちまう」

平治も続ける。

「はい、わかったよ。口外はしないからね」

おりきは明るく言い、お栄も昼間のお近の顔を思い出して、うなずいた。

一両という金は多いようだが、まとまったものが買えるほどの額ではない。言ってしまえば中途半端な金なのだ。誰にも言わず、こっそり自分の好きなことに使うのが一番というふうな話になった。

平治は釣り道具を買いたいと言った。

長八は前から行きたいと思っていた料理屋に行くつもりらしい。

おりきは珊瑚《さんご》のかんざしを買うと言う。

「お栄さんは、どうするんだい？」

平治がたずねた。

「そうだねぇ。さしあたってほしいものは思い浮かばないねぇ」

お栄は答えた。

「せっかくだから、着物でも買ったら？　新しい着物を着ると、気分が変わるわよ。長八さんに頼めば、いいのを選んでくれるわよ。ねぇ」

おりきが長八に言う。

「お栄さんなら、安くしとくよ」

長八も請《う》け合う。

「そうだねぇ。これももう何年も着ているから、そうしようか」

お栄は答えた。

けれど、みんなと別れ、自分の長屋に帰ると気が変わった。たまにおりきに誘われてどこかに出かけることもあったが、たいていは丸九に行って帰って一日が終わる。晴れ着をつくったところで着ていくところもない。

普段着だったら、古着で十分だ。年を考えたら藍《あい》か茶の縞《しま》になるだろう。今の着物とたいしてかわり映えがしない。ならば、今あるものでよいではないか。

お栄は部屋の中を見回した。

棟割《むねわ》り長屋の狭い部屋だが、掃除が行き届き、こざっぱりと片づいている。無駄なものはひとつもない。

今あるものは大事に使う。使ったら元の場所にしまう。

右隣のお舟《ふね》のように、まな板の上に刻んだ漬物の残りと包丁が出しっぱなしになっているなどということは絶対にない。

何ごとにもきちんとしている。それがお栄だ。

お栄は武州《ぶしゅう》の生まれで、十のときに江戸の染物屋に奉公に来た。十七のとき、のれん染めの職人といっしょになった。家族で小さな工房を営《いとな》んでいて、舅《しゅうと》に姑《しゅうとめ》、弟がふたりいた。やさしい人だったが体が弱かった。三年ほど後の冬、流行《はや》り風邪《かぜ》で亡くなった。「あんたはまだ先があるから」と言われ、その家を出た。二十《はたち》だった。

染物屋に戻った翌年、口をきいてくれる人がいて十五歳年上の指物師《さしものし》といっしょになった。腕はよかったが酒を飲むと人が変わって、お栄を殴《なぐ》った。仕事先を酒でしくじると、さらに酒の量が増え、乱暴もひどくなった。あるときなど、神社の石段の上から蹴《け》り落とされた。ひと月も打ち身の痛みが消えなかった。

このままでは身が持たないと、お栄は知り合いの家に逃げた。男は追いかけてきて殴った。間に人を立てて、別れるまでに二年もかかった。

それからはずっとひとりだ。

煮売り屋や居酒屋で働いて、丸九に来たのは十五年ほど前、九蔵が店をはじめたときだ。おりきとは居酒屋で働いていたときに知り合った。ふたりとも二十五になっていた。おりきは何人かの男とくっついたり、離れたりということをしていたらしい。

「今度こそ、いい男を見つけたい」と口ぐせのように言っていた。

そのおりきが、店に来ていた二十も年上の小間物《こまもの》屋の後添《のちぞ》いになるというので、お栄は驚いた。

「本当にあの人でいいの？」

お栄はおりきにたずねた。

「あんた、このまんま居酒屋で働いていたって、どうなるもんでもないでしょう？　何ごともほどよいところで手を打たないとさ。二十を過ぎれば年増なんだから、お栄ちゃんも身の振り方を考えたほうがいいよ」

おりきはそう答えた。小間物屋は繁盛《はんじょう》していて、三人の息子とも仲良くやっておりきは幸せだったらしい。小間物屋が死ぬと、小さな店を出させてもらい、今も自分ひとりが食べていく分くらいは困らない。

居酒屋で働いていたころのお栄は今のようにしわっぽくなかった。丸顔で腕にも足にも肉がついていて、針でついたら破裂しそうなぐらい、ぱんと張り切っていた。客たちから、声をかけられることもないわけではなかった。

最初の亭主に早くに死なれて、次は乱暴者で、所帯を持つのはこりごりと思っていたが、あのころだったら、まだ、何とかなったかもしれない。

三度目の正直ということもある。おりきのように、それなりの男をつかめばよかったのか。

そこまで考えて、お栄はため息をついた。

まぁ、それも過ぎた話だ。

悔やんでも遅い。

今は、顔も体もしぼんで腕も足も細くなり、そのくせ腹や背中には妙な具合に肉がついた。顔はやせて小さくなったが、頰《ほお》だけはぽたぽたとやわらかい。鏡を見ると、死んだ母親にそっくりになってきたので驚くことがある。同じ年のおりきのほうがよほど若く見える。

丸九によくやって来るお蔦は五歳ぐらい上のはずだが、あの女《ひと》のほうがよほど色気がある。

自分は女としてもしぼんでしまったのだろうか。

お高に化粧をしろとか、もっと派手な着物を着ろとか言うが、自分こそもっと身の回りにかまったほうがいいのかもしれない。

いやいや、今さら、じたばたしたところではじまらない。

やはり考えるべきは、お高のことではないか。死んだ九蔵からもお高をよろしくと頼まれている。

磯屋《いそや》の話はいいと思ったが縁がなかったのだ、仕方がない。

作陶《さくとう》をしている作太郎《さくたろう》という男はどうなのだろう。

茶碗《ちゃわん》を焼いて送ると言ったが、あれっきりだ。

ちゃんと茶碗を焼いてくれているのだろうか。そもそも茶碗ひとつを焼くのに、どれくらい時間がかかるのか。土をこねて形をつくり、それを干してから釉《うわぐすり》をかけて焼く。

十日ぐらいか。

江戸を出たのが梅の花のころ。なんだか遠くに行くようなことを言っていたから、そこに着くまでに十日はかかる。それから、準備をして茶碗を焼く。

お栄は指を折って数えた。

もう、そろそろ茶碗が来てもいいころだ。

そんなことを思いながら布団《ふとん》を敷いた。

布団が冷たかった。

冷たいのは綿《わた》が固くなっているからだ。見れば、布団側《がわ》もあちこちすりきれている。

そうだ。布団を打ち直してもらおう。ついでに布団側も新しいものにしよう。

やっと一両の使い道が決まったのは、ずいぶん夜が更《ふ》けてからだった。

翌日、丸九の仕事を終えると、さっそく布団屋に来てもらった。

「こりゃあ、ずいぶん年季が入っているねぇ。そうとう綿を足さないとだめだよ」

布団屋のおやじは渋い顔をした。

「どうせ、あたしが寝るんだ。お大尽《だいじん》の布団のようじゃなくていいからさ。安く頼むよ」

お栄は頼んだ。布団側も一番安いものにした。

棟割り長屋だから、部屋の中の話は隣に筒抜《つつぬ》けである。

「あれ、なんだよ。お栄さん。布団を新調するのかい?」

すぐにお舟がやって来た。

「綿が固くなったから打ち直してもらうんだよ」

「打ち直すたって、今どきじゃあ、結構な値を取られるだろう？　うちじゃあ、とってもそんな贅沢《ぜいたく》はできないよ。うらやましいねぇ」

お舟の亭主は振り売りの豆腐《とうふ》屋で小さな子供がふたりいる。

「そうだ。卵焼きを買ったんだけど、少し持っていくかい？」

「いいのかい？　うれしいねぇ。お店のまかないか何かかい？」

たまに店の残り物を持ち帰ることがあるからだろう。そんなふうに聞かれた。

「いやね、なんだか食べたくなってさ」

「遠慮なくいただくよ。子供たちが大好きなんだよ」


夜、遅い時間に戸をたたく者がいた。

開けると向かいの部屋の亭主で、振り売りの魚屋をしている。

「悪いけどさ。売れ残っちまったんだ。初がつおなんだ。安くしとくから買ってくれねぇか」

取り出したのはかつおの大きな切り身である。朝一番に切ったものだろうか。すっかり赤黒く変色していた。

「だってあたしはひとりだし。もう夕飯も食べ終わったし、困るよ」

「頼むよ。こっちも無理して仕入れたんだけど、買い手が見つからなかった。大損だ」

初がつおだから高値で売れると胸算用《むなざんよう》をして仕入れたが、あてが外れたのだろう。気の毒だとは思うが仕方ない。

「悪いけど、よそをあたっておくれ」

戸を閉めると、外で「ちぇ」とつぶやく声が聞こえた。


翌朝、日の出前、部屋を出ようとすると、向かいの魚屋が部屋を出ていくところだった。亭主はおはようの挨拶もしないで歩いていく。女房はお栄の顔を見て、そっぽを向いた。

初がつおを買わなかったから、機嫌が悪いのだろうか。

しかし、売り損なったのはそちらのせいだ。腹立ちをこちらに向けられてもお門違《かどちが》いだ。お栄は忘れることにした。

丸九の仕事が終わって長屋に戻ったのは、夕方近くだ。

洗い物を持って井戸端に行った。

三人ほどいたおかみさんはお栄の顔を見ると、口をとざした。洗い物のかごを抱えて去っていく人もいる。

なんだか、おかしい。

お栄はやっと気づいた。

そのとき、左隣の部屋のおつながやって来た。大工の女房でお栄と同じくらいの年である。

「ちょいと、お栄さん。あたしはこの長屋にはあんたより先から住んでいた。長屋の隣同士、仲良くさせてもらっていたと思っていたけど、がっかりだよ。ずいぶんなご挨拶《あいさつ》だね」

ひどく怒っているらしい。

「いったい、なんのことだい？　あたしが何かしたかい？」

「しらじらしい。あたしが知らないとでも思っているのかい？　卵焼きだよ。昨日、お舟さんに卵焼きをやっただろう。どうして、うちには持ってこないんだよ。なんで、お舟さんのところだけなんだ。はす向かいのお清《きよ》さんも怒っていたよ」

「あの卵焼きのことかい？　あれはあたしが夕餉《ゆうげ》に食べようと買ったものなんだ。たまたま、お舟さんと話をして、子供たちが好きだって話を聞いていたから、おすそ分けをしたんだ。量だってたいしたことはないよ。おすそ分けなんて言うのが恥ずかしいくらいだ」

「多い少ないを言っているんじゃないんだよ。気持ちの問題だ」

強い口調で言って、おつなはお栄をにらんだ。

「あんた、富くじが当たったんだろ。それで、布団を打ち直しに出したそうじゃないか。あの卵焼きはそのおすそ分けだったんだろ」

お栄はあっと思った。

しかし、富くじのことをどうしておつなが知っているのだろう。

「あんた、自分で言っていたじゃないか。知り合いのお付き合いで富くじを買わされたって。その当たりが分かったのが、おとといだ。あんたはその晩、酒を飲んだだろ。遅く帰って来た。翌日には布団屋を呼んだ。あたしは、ぴんときたね」

驚いたお栄の目が三角になり、それを見たおつなは勝ち誇ったような顔をした。

「全部、お見通しなんだよ」

つまりこれが、いわゆる世間でいうところの女の勘というやつだ。

爪《つめ》の先ほどの事柄《ことがら》を寄せ集めて真実に至る。飛躍がすごい、思い込みも強い。それでもなお、だからこそ、本質に近づける。

それなりに世間を見てきたつもりのお栄だったが、あらためて女の怖さを思った。

「そうかい。卵焼きのことは申し訳なかったねぇ」

自分が食べるつもりで買った卵焼きを隣に分けたことで、どうして謝らねばいけないのかと思いながら、お栄は頭を下げた。

「それだけじゃないよ。いくら当たったか知らないけどさ、困っている人がいたら助けてやるのが長屋の人情ってもんじゃないか。どうして、かつおを買ってやらなかったのさ」

「ええっ」

お栄は思わず大きな声をあげた。

魚屋が来たのは、お栄が富くじに当たったことを聞いたからなのか。

悪いのはお栄なのか。

こうなったら伊勢屋の団子ではすまされない。いや、いっそ、このまま知らぬ存ぜぬを通してしまおうか。

お栄の頭は忙しく動いた。

結局、長屋の住人に卵焼きを配った。結構な散財《さんざい》である。金が惜しいというより、悔しい気持ちがした。


また、次の日。昼遅く、丸九に女が来た。

「お栄さんという方はこちらにいらっしゃいますか？」

年は四十そこそこ。丸髷《まるまげ》に海老茶《えびちゃ》の細縞《ほそじま》の着物を着ている。どうやら、どこかの商家のおかみさんらしい。

「笹屋《ささや》のおかみの富《とみ》と申します。平治から、かねがねお噂《うわさ》はうかがっております」

ていねいに頭を下げた。

「ああ、平治さんのおかみさんですか。いつも、ありがとうございます。長八さんとおきさんなんかとね、ときどき、四人でおしゃべりさせてもらうんですよ」

お栄は挨拶した。ふと見ると、お富の表情が固い。何か思うところがあるらしい。

「あ、ええっと、平治さんが何か?」

「昨夜から戻って来ないんですよ」

「はぁ」

それで、なぜ、お栄をたずねて来たのか? 意味が分からない。

「たしか、釣りがお好きでしたよね。夜釣りに行ったんじゃないんですか?」

「どうもそのようです。猪牙舟《ちょきぶね》に乗って浅草《あさくさ》あたりに」

猪牙舟で男が行く場所といえば、新吉原《しんよしわら》である。平治は富くじで得た一両をふところに吉原に繰り出したのだ。

釣り道具を買うなどと言っていたが、最初からそのつもりだったのかもしれない。まったく、男というのは油断も隙《すき》もない。

「ねぇえ。いい年をしてみっともない。そう思いませんか?」

お富は妙にねっとりとした言い方をした。

「たしか、最初に富くじを買おうと言いだしたのはお栄さんだそうですよね」

上目遣《うわめづか》いでお栄をにらむ。

「あ、いえいえ、違いますよ。言いだしたのはおりきさん。あたしはお付き合いで買わされたほうで。平治さんも、そうですよ。割符《わりふ》だから、四人そろわなくちゃだめだって言われて」

お栄は額に汗をかいて、あれこれと言い訳をした。

仮に、お栄が言いだしたことだとしても、当たったのは偶然だ。お栄のせいではない。さらに、その金で吉原に行くかどうかは、まったくもって平治の判断で、お栄とは関係ない。お富に文句を言われる筋ではない。

そう言いたかったがお栄は言わなかった。言ったところで、納得するとは思えない。

「それは、申し訳なかったですねぇ」

お栄は頭を下げた。

「いえ、そういうつもりで来たわけじゃございませんから」

じゃあ、どういうつもりだったのだ。

お栄は思ったが、やはり口には出さなかった。

「まぁ、でも、来てよかったです。お栄さんに会えて」

お富のまなざしが少しやわらかくなった。

「そうですか。そりゃあ、また」

お栄は答えた。

「お話に聞いていたより、案外地味で。年も上の方だったので」

ぐさりと胸に何かが刺さった気がした。

自分の敵ではない。お富はお栄を見てそう思ったのだ。安心したのだ。

平治は飲み友達だ。べつに平治に対して何か特別の思いがあるわけではない。だが、だからと言って女房に値踏みされ、そのうえ安心されるというのはいかがなものか。

じわじわと悔しさが湧《わ》き上がってきた。

その日は五のつく日で、夜は酒が出た。惣衛門、徳兵衛、お蔦の三人もやって来た。

「聞きましたよ。お栄さん、いいことがあったそうじゃないですか」

膳を運んできたお栄に惣衛門が声をかけた。

「えっ、なんのことでしょう」

お栄はとぼけた。

「ふぐ料理とかけて……」

徳兵衛がなぞかけをはじめる。

「新米の占い師ととく」

「はい、その心は」

お蔦が続ける。

「ときどきあたります」

富くじのことを言っているのだ。

いったい誰がしゃべったのだろう。

厨房《ちゅうぼう》を振り返ると、お近がごめんというように手を合わせていた。

その日の献立《こんだて》は鰺《あじ》のたたきに、さや豆のごま和《あ》え、たらの芽の天ぷらである。

「おや、たらの芽ですか？　うれしいですねぇ。あたしはこれが大好きなんですよ」

惣衛門が目を細めた。いつもの八百屋が安く手に入ったからと持ってきた。ごま油でからりと揚げると、山の香りがする。

甘味《かんみ》は白玉《しらたま》団子に黒ごまをふって黒糖《こくとう》をかけたものだ。

黒ごまはほうろくで炒《い》って、あたり鉢《ばち》ですった。こうすると香りが立つし、味も際立《きわだ》つ。

ごまを炒るときは焦《こ》げないように張りついていないといけない。お近には任せられないのでお栄が炒った。その後のあたり鉢でするほうはお近に任せた。適当に軽くすればいいので、まだまだちゃらんぽらんなところのあるお近にちょうどいい仕事なのだ。

「ごまの香りがいいねぇ」

お蔦が目を細めた。

「白玉団子もちゃんと冷やしてあるのがうれしいねぇ」

そういうところに気づいてくれるのがうれしい。

お栄の顔もほころんだ。

仕事を終えて、日本橋の通りをぶらぶらと歩いていると、向こうから長八がやって来た。

「おや、長八さん。昼間、丸九に平治さんのおかみさんが来たんだよ。そっちにも、行ったかい?」

お栄はたずねた。

「いや、来ないよ。なんで?」

長八はのんきな顔で答えた。

「だからねぇ」

お栄が手短に説明すると、長八は声をあげて笑った。

「平治のやつ、やるじゃねぇか。あいつ、まじめそうな顔をしてるけど、むっつり助兵衛《すけべえ》なんだよ」

「そうだったか。知らなかったよ」

いっしょになって笑うと、胸のつかえがおりたような気がした。

「おかみさんがあたしのことを、頭の先から足元までずずうっと見てね、『お話に聞いていたより、案外地味で。年も上の方だったので』って安心したような顔で言うんだよ。馬鹿にしているよねぇ」

お栄の言葉に、長八はまた大笑いした。

「そりゃあ、災難だったなぁ。平治の女房はお栄さんとおりきちゃんを間違えていたんじゃねぇのか？　平治のやつ、おりきちゃんに気があるらしいから、家でもそんなことを言ったんだよ」

「そうなのかい？」

長八の何気ない言葉にお栄は少しむくれた。お栄とおりきは同じ年である。どうして、おりきにやきもちを焼いて、お栄には安心するのだ。おりきはお栄と違って色気があるということか？

「うん。そうだよ。そうに違いない。おりきちゃんも年はいっているけど、声が高くて女っぽいところがあるじゃねぇか」

だめ押しのように言う。

今気づいたが、お栄は「さん」づけだが、おりきは「ちゃん」づけだ。男たちの目に映るお栄とおりきの違いはそんな呼び方にも表れているようだ。

長八と別れて、家に戻る道々、お栄はひとりで腹を立てていた。

長屋に戻ってしばらくすると、おりきが来た。

「ちょっと、お栄さん。抜け駆けはなしだよ」

頭のてっぺんからとんがった声を出した。

「抜け駆けってなんのことだよ」

「とぼけるんじゃないよ。夜、長八さんとふたりで会っただろ。たまたま長八さんに道で会ったら、さっきまでお栄さんといっしょだったって言われたよ」

「たまたま道で出会ったから、それで立ち話をしただけだよ」

「ほんとに？」

おりきの顔が穏やかになった。

「当たり前だよ。なんだと思ったんだよ。今日は丸九が夜も開けるから、帰りが遅くなったんだよ。ふたりでどこかの店に入ったりするもんか」

「そう、それならいいけどさ」

お栄はおりきに座布団をすすめた。

「酒でも飲むかい？　お茶っていうのもなんだしねぇ」

「せっかくだから、一杯いただこうか。それにしても何にもない部屋だねぇ」

おりきは見回して言った。

「ごたごたいろんなものがあるのが嫌いなんだ」

「それにしてもさ。女の部屋なんだから、もう少しなんか、こう、色気があってもいいんじゃないかい？」

「色気ってなんだよ」

「だから、まるで男の部屋みたいじゃないか」

昔なじみなので、おりきはずけずけと言いたいことを言う。

「いいんだよ、これで。狭いんだから。それにしても、ちょっと長八さんと話をしたぐらいで、なんであんたがそんなにかりかりするんだよ」

お栄はたずねた。

「ねぇ、だっていい男だと思わない？　気がきいているし、やさしいし」

「そりゃあ、呉服屋だもの。女の人の扱いには慣れているさ」

長八はとりたてて顔立ちがいいというわけではないが、なんとはなしに甘い、やさしげな顔立ちをしている。話も上手で長八が加わると、座が明るくなる。

けれど、それは呉服屋の番頭という長八の仕事から来ているものらしく、長八自身も自分のそうした性格をよく分かっている。

「あんたの気持ちは分かるけど、あの男は外面《そとづら》がいいだけかもしれないよ。外で気を張っている分、家では小難しいなんて人も多いよ」

「そんなことはないよ。あの人は根っからやさしい人だよ」

「ああ、そうかい」

お栄はおりきに逆らわない。

おりきがなんだかんだと言ってお栄や平治を誘うのは、長八と会いたかったかららしい。平治は女房持ちだし、お栄は自分と張り合うこともなく安心だと思っていたに違いない。

お栄はおりきが居酒屋で働いていたころのことを思い出した。

おりきが店で働くのは、いい相手を見つけるためだった。ほかの女たちもだいたい同じようなもので、まずは女房持ちかどうか、その次に年はいくつで、仕事は何か、稼ぎはどのくらいかとさりげなく聞き出していく。

おりきが、この人だと狙《ねら》いを定めたときはすぐに分かった。目がきらきらと輝いて、声が高くなっていた。

お栄はそういうときのおりきが、嫌いではなかった。ここぞという場に自分のありったけをかけているような潔《いさぎよ》さがあった。

ずいぶん後になって気づいたのだが、小間物屋といっしょになると言いだしたときのおりきの目は輝いていた。年が離れているし、おりきの好みの顔でなかったから、損得ずくで決めたのだとばかり思っていたが、おりきはあの男に惚《ほ》れていたのだ。

小間物屋の後妻におさまって、なさぬ仲の息子がふたり。子供たちともうまくやっていたというから、おりきは幸せだったのだろう。

幸せだったから、もう一度、幸せになりたいのだ。

「そうかぁ。あんたは長八さんが好きなんだ」

「まさかぁ」

そう答えたおりきはまんざらでもない様子である。

「でもさ、小間物屋もそれなりに商いになってるだろ。義理の息子たちからも、こっちのことは心配ないから好きにしていいよと言われているんだよ」

おりきはにこにこと笑った。

若く見えるはずだ。そもそも気持ちが若いのだ。

お栄はひそかに納得した。

「あたし、あした長八さんを誘ってみようかな」

酒に酔ったおりきは妙に色っぽい目をした。

「かんざしを買ったら、それに合う着物もほしくなって見立ててもらうことになっているの。そのあと、お礼にってことで」

なるほど、そういう算段か。

最初から着物を買うと言わないところが、さすがのおりきである。

「まぁ、好きにしな。いい返事があるといいね」

お栄は言った。

三

その夜は十がつく日で、夜は酒を出す日だった。

お高の幼なじみで仲買人《なかがいにん》の政次《まさじ》がかつおを持ってきた。

丸々と太った大きなかつおである。目から尾っぽの先まで二尺（約六十センチメートル）ほど。背中のほうは青く、腹は白く、全身がぴかぴかと光って黒い筋が入っている。腹は丸々とよく太り、尾びれは三角にぴんとはっている。木桶《きおけ》から頭も尾もはみ出して、その木桶が持ち上がらないほど重い。荒波をぐいぐいと進んでいくような勇壮な姿をしていた。

「ええっ、これがかつお？　すごいねぇ」

お近は目を丸くした。

「立派なもんだ」

お栄もため息をついた。

「どうしたの？　こんな大きなかつお。うちじゃあ、こんな立派なかつおは買えないわよ」

さすがにお高は困った顔になった。

「いや、金は気持ちでいい。知り合いの魚屋から頼まれたんだ」

「そういうわけにいかないでしょうよ」

「いや、行き場がなくなって困っていたんだ。宴会をするからって注文が入ったんだけど、それが急に取りやめになった。魚屋がどこか引き取り手がないかって俺に聞くから、ここを思い出した」

　さる家中《かちゆう》の侍たちが富くじを買った。

　ひとりの男に一等が当たった。

　そのことは仲間の知るところとなり、その金で宴会をしようという話になった。

　なにしろ三十両である。

　仲間内だけで居酒屋で軽く一杯という話が、俺も俺もと人が増え、板前を呼んで料理をつくらせるという話になった。

「それでかつおの注文だよ」

　政次が言った。

「そんなことしたら、お金はなくなってしまうでしょう?」

　お高は気の毒になってたずねた。

　そういうふるまいが好きな者もいるかもしれないが、手元に残しておきたいというのが本音ではないだろうか。

「その男は国元の母親が病気で薬代を稼ぎたかったんだってさ。だから最初から当たっても人におごらない、金も貸さないって言っていたらしいんだ。だけど、みんなが金にこだわるのは武士の風上《かざかみ》にもおけないとかなんとか言って、たかろうとした。勝手にどんどん話を進めちまったんだ」

お高は店に来た侍たちを思い出した。

一等を当てたのは、一蔵と呼ばれた侍ではなかろうか。

最初から頑固な様子で、もし当たってもおごったりしない、と言っていた。

「それでどうなったの？」

「そいつは本気で怒ったらしい。この金は自分のものだ。田舎《いなか》の母上に飲ませる薬を買うのだ。母上の命がかかっているのだって、おいおい泣いた」

それが上役の耳に入った。

富くじなどというものは博打《ばくち》と同じだ。そういうものに手を染めるのは、はなはだよろしくないと、金は召し上げられた。

初がつおの宴は流れてしまった。

「さっさと断ってくれたらよかったのにさ。黙っているから困ったのは魚屋だよ。かつおを持っていったら断られたんだ」

「そういういきさつがあったのなら、いいけれど。だけど、私はさばけないわよ。こんな大きな魚」

「そんなこったろうと思ったから、俺がやるよ。包丁も持ってきた」

政次はまな板にどんとかつおをのせた。

かつおのうろこは硬い。だからかつおをさばくときは、まず硬いうろこを取る。

包丁を寝かせて尾のほうからかまに向けて、削り取るように切り取る。政次が太い腕でぐいぐいと切っていく。

その後はかつおの頭を落とす。

政次は思い切りよく、ざくりと包丁で切れ目を入れてから、ひっくり返して反対側にも包丁を入れる。全身の力をこめて「だん」と、中骨を断ち切って頭を切り落とした。大きな頭が切り離されると、切り口から太い中骨と赤黒い身が見えた。

「うわぁ」

お近が声をあげた。

新しい魚の匂《にお》いが広がった。

政次はわたを取り出し、ひれをはずし、見ている間にさくに仕上げていく。

かつおの身はぬれたようにつやつやと光り、やわらかそうだ。脂《あぶら》もたっぷりのっているに違いない。

今晩は、たたきだ。それしかない。

きっとみんな喜ぶだろう。

お高はわくわくしてきた。

「かっこいいねぇ。男の仕事って感じがする」

お近は政次の働きぶりに心を奪われ、頰《ほお》を紅潮させた。

「俺のは見様見真似《みようみまね》だから、たいしたことねぇよ。本職はこんなもんじゃねぇよ。もっと手際《てぎわ》がいい。今度、剛太《ごうた》といっしょに河岸《かし》に遊びに来いよ。見せてやる」

政次はそう言って、あらを片づけ、まな板と包丁を洗った。

「後は任せたよ。夜、また、来るからさ、うまいものを食わせてくれよ」

そう言って帰っていった。


それからはお高の仕事だ。

金串《かなぐし》を刺して強火であぶる。脂が浮かんでじりじりと音をたてて焦《こ》げ目がつくと、さっと冷たい水につける。表面はこんがりと香ばしい焼き色がつき、中は生。薬味は生姜《しょうが》とねぎ、青じそをたっぷり。醬油《しょうゆ》には生姜のすりおろしに、溶き辛子《がらし》を添えて。わさびが好みという人もいるので、お近に買いに走らせた。

店を開けると、早々に惣衛門、徳兵衛、お蔦がやって来た。

「今日の肴《さかな》はかつおのたたきに、かぶの酢の物、厚揚げをさっと焼いたものです。ほかに汁とご飯もつきます」

お近が伝えると、三人の目が輝いた。

「へぇ、かつおのたたき？　お高ちゃん、いいのかい？　こんなことをして」

徳兵衛がうれしそうな顔をした。

「いい日に来たねぇ」お蔦が目を細めた。

「やっぱりねぇ。今の季節はかつおですよ」惣衛門もうなずく。

次々とほかの客もやって来て、たちまち店はいっぱいになった。

「なんだ、出遅れたなぁ」

知り合いを連れて三人でやって来た政次は、ほかの常連客に詰めてもらって店の隅《すみ》のほうに座った。

あちこちから笑い声が響く、にぎやかで楽しい夜になった。

客が一段落したころ、平治がひとりでふらりとやって来た。

お栄が膳《ぜん》を運ぶと、体を小さくして、すまなそうな顔をした。

「この間はうちのやつが来て、いろいろ言ったんだってね。悪かったね。これ、あとでみんなで食べてよ」

そう言って小さな包みを渡した。

「伊勢屋の饅頭《まんじゅう》。お栄さん、好きだったろ」

「いいんだってば。そんなこと、気にしなくても」

「まぁ、そうなんだけどさ」

平治は頭をかいた。

「あれから、女房に着物と帯を買うことで機嫌を直してもらった。長八のところで頼んだけど、一両当たって喜んだのはつかの間だね。高いものについたよ」

情けない顔をした。

「まったくだねぇ」

お栄は長屋の顛末《てんまつ》を話した。

「それで卵焼きを配ったんだけどさ、卵焼きより小遣いのほうがいいみたいな顔されて、腹が立つよりあきれたね。誰が買った富くじだと思っているんだよ」

「お互い、あの富くじでいらぬ苦労をしちまったなぁ」

顔を見合わせて笑った。

「そうすると、一番得をしたのは長八さんかな？　おりきちゃんも長八さんから着物を買ったんだよ」

「そうかぁ。長八のやつ、いよいよ所帯を持つらしいから、まぁ、ご祝儀ってところか」

平治は意外なことを言った。

「所帯を持つ？　長八さんは誰かといっしょになるのかい？」

お栄は聞き返した。

「そうそう。みんなにはまだ内緒なんだけどね、店で働いている娘だってさ。十八っていったかな？　長八の半分の年よりまだ若い。うらやましいよねぇ」

「へぇ、そんなことになっているんだ」

お栄はつぶやいた。

どうやら、おりきの思いはかなわなかったらしい。

「長八もいい年してやるよな。そのうち、本人から話があるだろうから、俺から聞いたのは黙っていてくれよ。おしゃべりだなんて言われちまうからさ」

「ああ、わかった。聞かないふりをしておくよ」

お栄は答えて、あらためて饅頭の礼を言った。

それからも次々と客がやって来て、丸九は大にぎわいだった。

そろそろ店じまいという時刻になって、長八が赤い顔をしてやって来た。どこかで一杯やってきた後らしい。

「うれしいな。かつおのたたきかぁ。俺はついてるよ」

お茶を運んできたお栄に愛想よく言った。

長八は酒をくいと飲むと、少し声を低めた。

「悪いけどさ。しばらく、俺、おりきちゃんとは会わないことにしたからさ。また四人で酒飲もうなんて誘われても断るからね。気にしないでくれよ」

「ああ、そうなんだね。わかったよ」

だいたいのことは予想がついたが、お栄は何も知らないという顔をした。

「理由を聞かないの？」

「聞いてもいいのかい？」

ふふんと長八は鼻で笑った。

「おりきちゃんに惚《ほ》れてるって言われちまったよ。俺、あきれて笑った。そんなこと、思ってもみなかった。だって、おりきちゃんは五十だよ。よく、そんな年で恥ずかしくもなく、惚れてるなんて言えるよなぁ」

「あんただって四十五じゃないのかい？」

お栄が意地の悪い声を出した。

「男と女は違うよ。男の五十は男盛りだけど、女の五十はばあさんの入り口だ」

「はぁ？」

「みんなには言ってなかったけど、俺、ついに所帯を持つんだ。子供もほしいからさ、嫁さんは若くないと。あっちは十八なんだ」

長八の目じりが下がった。酒に酔っていたせいか、相手が親しいお栄だったせいか、長八はいつもの愛想のよさを忘れ、つい本音をもらした。

「五十、五十って言うけどさ、おりきもあたしもまだ、五十にはなっていないよ。まだ四十八だ。五十まであと、まだ二年もある」

「同じようなもんじゃねぇか。なんだよ、ごちゃごちゃと」

長八は面倒くさそうに言った。

「呉服屋だからね、俺は毎日、女の機嫌を取ってるんだ。疲れるんだよ。俺にとったら、おりきちゃんもお栄さんも友達、それだけだ。だから安心して酒を飲んで、しゃべって楽しかった。それが惚れたはれたなんて、がっかりだよ」

「あたしたちは女のうちじゃないのかい？」

「だから言ったじゃねぇか。女は若くなくちゃ。かつおだってそうだろ。生きがいいからうまいんだ。昨夜《ゆうべ》のかつおなんざ、誰が食うかよ」

そのひと言がお栄の怒りに火をつけた。

「昨夜のかつおで悪かったね。あんたがその程度の男だとは思っていなかったね。こっちこそ、がっかりだよ。もう、金輪際《こんりんざい》あんたとは付き合わないよ」

お栄の剣幕に、長八はやっと自分の失言に気づいたらしい。少し慌てた様子になった。

「いや、そういうわけじゃないけどさ。まあ、あんたはおりきちゃんの友達だからね。そうだよね。悪かったね」

長八は気まずそうに席を立つと帰っていった。

「あんな男とは思わなかったよ。がっかりもいいとこだ。おりきちゃんも男を見る目がないよ」

お栄がぷんぷん怒って厨房《ちゅうぼう》に戻って来た。

「あの人、お栄さんの飲み友達でしょう？　けんかしたの？」

お近が何ごとかという顔でお栄にたずねる。

「ああ、なんでもないよ」

お栄はつんけんして皿を片づけはじめた。

お高はお栄と長八の話の内容がなんとなく察せられたが黙っていた。お栄は友達が多いほうではない。これといって趣味があるわけでもない。夜明け前に丸九に来て、一生懸命仕事をして、終われば長屋に戻る。そんな暮らしを続けていた。

それが、ここ最近、おりきに誘われるようになった。お栄の口から平治や長八という名前が出て、楽しそうにしていたのだ。

富くじだって、お栄ひとりなら買うこともなかっただろう。おりきに頼まれて、付き合いで買ったのだ。

当たらなければそれまでだったのに、一両当たって、それがなんとなく妙な具合になって、せっかくの仲良しがぎくしゃくしてしまった。

少し残念な気がした。

お客たちがひとり、ふたりと帰っていき、店はがらんとしてきた。

「さあ、明日はかつおの角煮にしようかな」

お高は元気な声をあげて、鍋《なべ》を取り出した。

たたきにならなかった身を四角く刻んで、ひたひたの水を加え、たっぷりの刻み生姜を入れ、醬油とみりんの味つけで煮た。

鍋が沸き立って、煮汁が白い泡を立てた。汁気が少なくなって、かつおが醬油色に染まってくる。さらに煮詰めると、みりんの照りがでて、かつおの表面がつやつやとしてきた。

甘じょっぱい、白飯によく合う、江戸っ子の好きな味だ。

明日の客たちは、これで三杯飯が食べられると喜ぶに違いない。

お高の顔は自然にほころんでくる。

最後の客が出ていき、店を片づけはじめたときだ。戸をたたく者がいた。

「お客さん、今日はもう、おしまいなんですけど」

お近が戸を細く開けて言った。

「ごめんね。お客じゃないの。ねぇ、お栄さんいるかしら?」

おりきの声だった。

「なんだ、おりきちゃんじゃないか。どうしたんだよ。こんな時間に」

お栄が迎えた。

「別に用じゃないんだけどさ、なんだか、お栄ちゃんの顔を見たくなった」

「じゃあ、ちょいとそこに座って待っていてくれよ。もうじき、仕事が終わるから」

お栄が招《しょう》じ入れた。おりきは隅の方にあった床几《しょうぎ》に腰をおろした。

いつもの元気なおりきではない。少ししょげているようだ。

「お栄さん、あたし長八さんに会ったの。自分の年を考えて言ってるのかって笑われた。断られるのは仕方ないけど、笑われるのは悲しくて悔しい」

「いいよ、いいよ。しゃべらなくっても。あの男、さっき、ここにも来たんだよ」

お栄がおりきをなぐさめた。

「すごい顔で叱《しか》ったんだよ。長八さんは真っ赤な顔ですごすご帰っていった」

お近がわけ知り顔で解説をしたので、お栄とおりきは顔を見合わせて苦笑いをした。

「ちょうど、明日のおかずが出来たところだから、四人で味見をする？」

お高は声をかけた。

熱いお茶といっしょに、小鉢《こばち》に入れたかつおの角煮を持っていき、おりきにすすめた。中まで火が入ったかつおは口の中でほろりとくずれるほどにやわらかい。醬油とみりんの味が広がる。

おりきはひと口食べて、たずねた。

「とってもおいしい。これは、なんですか？」

「明日《あした》のかつおよ」

お高が答えると、お栄が笑いだした。

「あいつ、五十女は昨夜《ゆうべ》のかつおだって言いやがった。だけどさ、昨夜のかつおはこんなにうまい一品になるんだよ。まったく、なんにも分かっていないね。もう、あんなつまらない男にかかわるのはやめな。あんたにぴったりのいい男に巡り会えるから。そうかぁ、あたしに言われても、ありがたくないか」

お栄がおどけると、おりきは泣き笑いのような顔になった。

「富くじのことで、人の裏側が見えちまった。いい勉強になったよ」

「そうだねぇ」

お栄とおりきはうなずきあう。

「今日はうちに泊まりなよ。飲み明かそう」

そんなことを言って、お栄は立ち上がった。

お栄とおりき、お近を見送ってお高は自分の部屋に戻った。

長八の言葉がふと、思い出された。

――女は若くなくちゃ。

あれは男の本音なのだろうか。

作太郎の顔が浮かんだ。

作太郎はいくつだろうか。

お高は自分と同じくらいと思っていたが、どうだろう。

同じ年の政次には子供がふたりもいるのだから、作太郎に女房、子供がいてもおかしくない。焼き物のために旅をしていると聞いて独り者と思ったが、本当のところは分からない。

考えてみたら作太郎のことを何も知らないのだ。

どこの生まれで、どういう育ちをしたのか。

お高が勝手に熱をあげているだけで、向こうにしたら、ただの知り合い。男だ女だと言わずに気楽に話せる相手と思っているのかもしれない。

茶碗《ちゃわん》のことだって、お高は心待ちにしているが、作太郎にしてみたらいつものことで、出会った人に挨拶《あいさつ》代わりに贈っているのかもしれない。

さまざまな思いが頭の中をぐるぐると回って、お高は胸が痛くなった。

よく晴れた気持ちのいい朝だった。

お高が支度をしていると、お近に続いて、少し腫《は》れぼったい目をしたお栄もやって来た。

昨夜のかつおは味がしみて、さらにおいしくなっていた。

お客たちは大喜びだ。

「世間じゃ、たたきがうまいって言うけどさ、かつおは煮物だよ。これくらい味がしみているのが一番うまい」

手放しでほめる者がいた。

「ほんと言うとさ、生魚は苦手なんだよ。野暮天《やぼてん》って言われるから黙っているけどさ」

小さな声でつぶやく者もいた。

甘味《かんみ》はゆであずきである。あずきの粒を残して甘く、やわらかく煮て白玉《しらたま》団子をのせた。

お高が厨房でゆであずきを器に盛り付けていると、お近がやって来た。

「つまり、これは田舎汁粉《いなかじるこ》なの？」

お近が首を傾《かし》げた。

「そうねぇ。でも、田舎汁粉っていうほど砂糖はたくさん入れてないのよ。さっぱりと食べてもらいたいから」

「違うものなんだ。でも、似ているよね」

お近は探求心を見せる。

「親戚《しんせき》ぐらいかしら」

返事に困ってお高は適当なことを言う。

「ゆであずきうまいなぁ。お代わりはないのか？」

政次が椀《わん》を持って、厨房にやって来た。お高がゆであずきを盛るとうれしそうな顔になる。

「そういや、かつおを注文した例のご家中の話だ。続きがあるんだよ」

得意そうな顔になった。

「富くじの金は上役に取り上げられただろ。上役は、そっくりそのまま国元の母親に送ったんだってさ。薬が買えるように」

「あら、いい話じゃないの」

「気が利いているよな。そういう話が分かるお侍もいるんだ」

お高たちも少しうれしい気持ちになった。

もうひとつ、うれしいことがあった。

作太郎から荷物が届いたのだ。のれんをおろしたが、お栄もお近もまだ残っているときだった。

木箱を開けるとおがくずが入っていて、その中に油紙に包まれた何かが入っている。

「茶碗だ。絶対、茶碗だ。作太郎さんが送ってくれたんだ」

お近がはしゃいだ声をあげた。

「今、ここで開けてみましょうよ」

お栄がねだる。

油紙を開くと、白い土で薄青い釉《うわぐすり》がかかった飯茶碗がひとつ、現れた。少し厚手で手に取ると、心地よい重さが伝わってきた。

文《ふみ》が入っていた。

『こちらはまだ雪が残っています。淡い春という銘をつけました　作』

たったそれだけだった。

「寒そうだけど温かい感じがする」

お近がうっとりとした調子で言った。

春の初めの、風が冷たくて、けれど、たしかに春の気配がするというころの感じがした。

「ちょうどいい大きさですねぇ」

お栄が感心したようにつぶやいた。

お高の女にしては大きな手にぴたりと合った。作太郎は本当にお高の手に合う茶碗をつくってくれたのだ。ろくろを回して手で形をつくっていく。土が盛り上がって流れるような模様になり、縦に一か所、へらでぐいと押したように筋が入れてあった。ただきれいに形よくつくってあるのではなくて、芯《しん》のようなものが感じられた。

「ちょいとゆがんでいませんか？　そこもお高さんにぴったりですよ」

お栄は言ってにやりと笑った。

目の高さに持ち上げて、横からながめると、たしかに少し傾いている。それが面白く感じられた。

「わざとそうなっているのよ」

お高は分かりもしないのにそう言って、土が波打った部分に指をあててみた。

一瞬、作太郎の指に触れたような気がして、お高は頬を染めた。

はっとして横を見ると、お栄とお近がこちらを見ていた。少しあきれた顔である。

「初々《ういうい》しいですねぇ」

十六のお近に言われた。

「まぁ、なんにしてもよかったですよ」

お栄が母親のような顔で言った。

ふたりが帰ったあと、お高は茶碗を店の二階にある自分の部屋に持っていった。

ひとりでゆっくりとながめた。

茶碗は肉厚のぽってりとした姿をしていて、そのくせ土の白さが際立《きわだ》って、清潔な感じがした。

もう一度、手にのせてみる。

指が長く、女にしては大きなお高の手に合っていた。

作太郎は自分を思って、この茶碗を焼いてくれたのだろうか。
確かめたくてもう一度、文を眺めたが、それらしいことはひと言もなかった。
茶碗の底に「作」という印が押してあった。
あたたかく、うれしく、それでいて少し切ない気持ちが湧《わ》き上がってきた。

第二話　さやと豆の間柄

一

朝一番に、八百屋がざるに山盛りの絹さやを持ってきた。若緑色のさやは光を反射してつやつやと光っている。

「今朝《けさ》採ったばかりだよ。きれいだろ。おいしいよ」

八百屋は自信たっぷりにすすめた。

お高はその絹さやを買って、水を張った桶《おけ》に入れた。はちきれそうに水を吸ったさやを折ると、ぱりっと音がした。

「これ、どうするの？」

お近がたずねた。

「そうねぇ。じゃこといっしょにさっと油で炒《いた》めるのはどう？　最後に、じゃっと醬油《しょうゆ》を回しかける」

お高が答えると、お近の顔がほころんだ。

「いいね。いいね」

「じゃ、いっしょに筋を取ってちょうだいね」

へたをぽきりと折ってひっぱると、細い筋がついてくる。うまくひっぱると背と腹と二本の筋がいっぺんにはずれる。ふたりで並んで、絹さやの筋を取った。

「おや、今日は絹さやですか」

前掛けをかけながらお栄がふたりの手元をのぞきこんだ。

「えんどうっていうのは、偉いもんだねぇ。若い芽は豆苗《とうみょう》で、出たばかりのさやは絹さやで、中が大きくなったらえんどう豆だ。おまけに赤紫の花もかわいらしい」

「あ、絹さやって、えんどう豆なんだ」

今、気がついたというようにお近が言った。相変わらず、この娘は食材にうとい。

「違うよ。これはいんげんだよ。昔、昔、隠元《いんげん》禅師という偉いお坊さんが中国から伝えたんだ」

お栄がにやりと笑って教える。

「へぇ、これがいんげんかぁ。いんげんっていうのはもっと細長いものかと思った」

お近は素直にうなずく。

「もう、お栄さんったら。からかったらだめよ。これは絹さやで、えんどう。いんげんは細長くて、さやが肉厚なの。もっと夏にならないと出てこないわ」

お高があわてて訂正した。

お近は手に持った絹さやをしげしげとながめた。

「このさやの中で豆が大きくなるのか。えんどう豆の赤ちゃんはつやつやした絹の布団《ふとん》にくるまっているわけだ」

「そうね。さやの中で雨風から守られて大きくなる。いよいよ、そのときが来たらさやから飛び出して、一人前になる」

お高は説明した。

「本当は子孫を残すのが役目だけど、そのときどきで、人がおいしく食べちまうんだよ」

お栄が笑った。

その日の献立《こんだて》はこっくりと煮ためばるの煮つけと絹さやとじゃこの炒め物、しじみのみそ汁に漬物、最後の甘味《かんみ》は白玉《しらたま》団子にゆであずきを添えたものだ。

丸九には河岸《かし》で働く者や仕入れに来た料理人なども多いから、味にうるさい。三杯飯を勢いよく食べているからお腹《なか》を満たすのが第一で、味は二の次と思いがちだが、ちゃんと味わっている。おいしいときは顔に出るし、いつもより少し味つけが薄かったりすると文句が出る。なかなか侮《あなど》れないのである。

そんなひとりが、人形町《にんぎようちよう》の仕出し弁当屋藤屋《ふじや》の次男、十七歳になる梅助《うめすけ》である。藤屋は主人の源蔵《げんぞう》が贔屓《ひいき》にしてくれて、ときどき昼を食べに来る。最初は源蔵に連れてこられた梅助は、このごろはひとりで来るようになった。

藤屋は卵焼きが名物の仕出し弁当屋である。主人の源蔵は二代目で、長男の光太郎《こうたろう》は二十五歳で、すでに所帯を持ち一男一女がある。光太郎は頭が切れて働き者と言われる。

一方、梅助のほうは「商売向きではない」というのが世間の噂《うわさ》だ。口下手《くちべた》で引っ込み思案。体が小さく、いつも背を丸めている。何を考えているのか分からないと、母親のおりうを悩ませていた。

しかし、お高は、梅助が味に厳しいことに気づいていた。

ひとりでやって来て、隅《すみ》の方に座って静かに食べていく。気に入ったときはにこにこと笑顔になる。少々難ありと思ったときは、顔が沈む。わかりやすい。どこがまずかったのだろうと味見をしてみると、魚の煮つけに火が入りすぎていたり、汁の実が固かったりした。

そんなわけで、お高は梅助が来るとどんな様子か気になる。

その日は、めばるの煮つけをおいしそうに食べ、絹さやの炒め物に目を細めた。

さっと炒めた絹さやはじゃこや醬油のうまみをまとい、ぱりぱり、しゃきしゃきと歯ざわりよく、口の中いっぱいに青い野菜の味をひろがらせているに違いない。若々しい、この季節ならではのおいしさなのだ。

しじみのみそ汁に満足そうにうなずき、食後の甘味にもちもちした白玉団子を大事そうに食べた。

午後の遅い時間に、梅助の母親のおりうがやって来た。

おりうは四十半ば。豊かな黒髪をゆったりと結《ゆ》い、おかみらしい福々しい顔立ちをしている。

「ああ、ほんとう。いいお味だわ。やさしくて、ゆったりとして。ほっとする味ねぇ」

お高がお茶のお代わりを持って行くと、おりうは白玉団子に目を細めて言った。

「めばるも絹さやもおいしかったわ。精進《しょうじん》されているのねぇ」

おりうは何度もうなずく。それから、ふっと顔を上げた。

「ねぇ、今日、梅助も来たでしょう。あの子、どんな様子でした?」

「どんな様子と言われても……」

お高は首を傾《かし》げた。

ひとりで来て、隅の方に座って静かに食べて帰った。

いつも通りである。

「絹さやをおいしそうに食べていらっしゃいましたけど」

「そう」

おりうは中空を見つめた。

「梅助には困っているのよ」

上目遣《うわめづか》いでちらりとお高の顔を見た。

「今年から本式に店に入ることにしたんだけど、さっそく今朝、卵焼きのことで父親とやりあったの」

「今まではどんな仕事をしているんですか」

「先月までは手代《てだい》たちと一緒に弁当運びや掃除をしてたの。ひと通り経験して厨房《ちゅうぼう》に入ったんだけど……」

「あら、いいじゃないですか」

「厨房は昔っからの職人たちがいるでしょ。主人は洗い物と掃除からはじめさせるつもりだったのよ。それなのに、いきなりうちの卵焼きは固いからもう少しやわらかめに焼いたほうがいいって言いだして」

何もできないくせに、理屈だけは一人前だと、源蔵は腹を立てた。

「兄の光太郎は子供のころから厨房を手伝っていたし、気働きがある子なのよ。それで職人たちからもかわいがられていたけれど、梅助はねぇ」

おりうはため息をついた。

「主人は私が甘やかしたからだって言うのよ」

愚痴《ぐち》になった。

たしかに光太郎は体も大きく、がっしりとして活発な感じがした。愛想もよくて人あたりがいい。十人いたら十人がほめるような立派な跡取りである。

それに比べると、梅助はなんだか頼りない。

風邪《かぜ》ひとつひかなかった兄とは違い、子供のころから体が弱かった。少し寒いと熱を出し、秋には咳《せき》が出て、春は蕁麻疹《じんましん》で赤く腫《は》れた。医者と縁が切れない子供だったのだ。

「姑《はは》が心配して、私もそれに従うから、大事にしすぎたのかしら」

ある年齢になると、子供のころ、ひ弱だったことが嘘《うそ》のように活発になる者もいるが、あいにくと梅助はそうはならなかった。部屋の中で本を読んだり、虫を集めたり、絵を描《か》いたり、ひとり遊びが好きな子になった。

「でも、梅助さんは味が分かっている方だと思いますよ。うちにいらしても、ちょっと火の入り方が悪かったりするとすぐ顔に出ますから。私は怖いお客さんだと思っています」

「人の批判ばっかり得意になってもねぇ」

おりうの眉が下がった。

「困ったわぁ」

おりうは繰り返した。

お高がおりうを見送って厨房に戻ると、お栄が煮物の手を休めて言った。

「手がかかる子ほどかわいいと言うからね。案外、あのおかみさんは息子の世話を焼くのが楽しいんじゃないのかい？」

「そうかもしれないわねぇ」

お高はうなずいた。

おりうは何事もてきぱきとしている。

弁当屋というのは朝が早い仕事で、夜明けとともに起きる。

おりうが嫁に来たころは、まだ、藤屋も今ほど大きくなく、奉公人の数も三人ほどだった。

だから、おりうも朝から女衆といっしょになって大根を洗い、ねぎを刻み、出来上がった卵焼きを箱に詰めた。光太郎が生まれたのは暮れも近い冬の寒い朝で、その何日か前までおりうは冷たい水に手をつけて里芋《さといも》を洗っていたのだ。

忙しい時期だから、光太郎が生まれてからもおちおち休んでいられずに、すぐに床上《とこあ》げした。子守りを頼んで、自分は仕事場に出た。おりうの実家は漬物屋で母もそんなふうに働いていたし、姑《しゅうとめ》もそうやって源蔵を育てたというから、子供を持つとはそういうものだと思っていたのだ。

そんなふうにして八年が過ぎて、ようやくふたり目の子供を授かった。それが梅助である。なんとかもうひとり、と思っていたので、舅《しゅうと》、姑、源蔵も大喜びだった。

そのころには藤屋は大きくなっていて奉公人は七人になり、もう、おりうは以前のように生まれたばかりの子供を子守りに預けて働かなくてもよくなっていた。

それに梅助は早産で体が小さく、乳もよく飲まなかった。すぐに熱を出し、周囲を心配させた。おりうは梅助にかかりっきりになった。

一方、光太郎は早い時期から仕事場を遊び場にするようになった。祖父や父が働いている姿を見るのが好きだったのだ。はしっこい光太郎は職人たちにかわいがられ、手伝うようになる。輪切りにしたにんじんをいちょうやもみじの型で抜くのは光太郎の役目になった。梅助が生まれ、光太郎は「お兄ちゃん」になると、さらに周囲の期待によく応《こた》えた。寺子屋から帰ると職人に混じって折を並べたり、仕切りに使う笹《ささ》の葉を山形に切ったりした。頼りにされていたのである。

光太郎が十八、梅助が十歳のときに先代主人であるふたりの祖父が大往生をとげた。

「光太郎、藤屋を頼むぞ」が、最後の言葉であった。

二年後、祖母が亡くなり、藤屋は源蔵とおりうの代になった。

梅助は十二歳。

光太郎はこの年、すでに店の仕事を立派に手伝っていた。それに比べると、なんだか少し頼りないのではないか。

源蔵とおりうも、ようやく気がついた。

奉公人たちはとっくに気づいていたが、それは口には出さなかった。

光太郎が跡取りとしての役を立派に果たしていたから、何も言う必要はなかったのだ。

困った、困った、どうしたものかと言いながら五年が過ぎ、先月、ようやく本格的に店を手伝うことになった。

安心したのもつかの間、さっそく源蔵と梅助はぶつかったのだ。

「お近ちゃんは梅助さんのことをどう思う？　年が近いから、気持ちが分かるんじゃないの？」

お高はお近にたずねた。

「年が近くっても、あの子はいいところの息子だから、あたしとは全然違うもん」

お近はにべもない。

最後の客が帰ったのを潮《しお》に、のれんをおろして遅い昼食になった。

めばるの煮つけは終わってしまったので、がんもどきの煮物と切り干し大根、うぐいす豆である。

「がんもどきが、おいしいねぇ。あたしはめばるより、よかった」

「おや、そうかい？　めばるだって、脂《あぶら》がのっていておいしそうだったよ」

お栄が少し残念そうに言った。

「でも、魚は骨があるじゃない？　食べるのが面倒だよ」

お近の言葉にお栄は目を丸くした。

「魚は骨のまわりの身がおいしいんだよ。まったく何にも分かってないんだから」

お栄の嘆きなど頓着《とんちゃく》せず、お近は厨房の端においてある壺《つぼ》に初めて気づいたようにたずねた。

「ねぇ、お高さん。並んでいる二つの壺には何が入っているの？　煮物をするとき、いっつも取り出しているのでしょ」

「丸九の味のもと。ひみつのだしが入っているのよ」

お高はふふと笑ってみせた。

手早くたくさんの量を調理するために、丸九ではあらかじめ二つの味つけだしを用意している。

ひとつはそばつゆの代わりにもなる、そばだし。さば節でとった風味のしっかりとしただし汁に醤油とみりんを加えたもので、色も味も濃い。これは、魚の煮つけやたけのこの土佐煮《とさに》、ごぼうやれんこんなどの根菜の煮物、揚げ出し豆腐《どうふ》をつくるときに使う。濃い味のそばだしで勢いよく煮るから、ご飯に合うおかずになる。

もうひとつは、おでんだし。さば節でとっただし汁に、醤油とみりんを少し加えて味を調《とと》えている。がんもどきの煮物のようなものは、このおでんだしを加えてゆっくりと煮ればよい。

この二つのだしがあれば煮物は八割がた出来上がったようなもので、最後に塩や砂糖、酒を加えれば味がまとまる。

「そんな便利なものがあったんだ。気がつかなかった」

お近はひとりでうなずいている。

お高はお近が少しずつ料理に興味を持ってきてくれているので、うれしい。

「そろそろ、包丁を持ってみる？」

せっかく丸九で働いているのだ。野菜を刻むくらいは覚えたほうがいいだろう。そんな気持ちで誘ってみた。

「ええっ、包丁ですかぁ」

お近は驚いたように顔をしかめた。

「なんだい、嫌なのかい？」

お栄がたずねた。

「だって、指を切りそうで怖いもん」

「そりゃあ、料理屋の包丁だもの。よく切れるよ。だけど、切れる包丁のほうが危なくないんだよ」

お栄が諭《さと》した。

「いえ、いいです」

お近があっさり断ったので、お高はがっかりした。

お高のときは、九蔵に何度も頼んでやっと許してもらったものなのに。

欲がないというのか、まだまだ遊ぶほうが楽しいのか。

あれこれ胸のうちで考えていたら、お近が突然たずねた。

「お高さん、あの茶碗《ちゃわん》、使わないの？」

あの茶碗とは、作太郎が送ってきた茶碗のことである。

「ああ、そうそう。そういえば、そんなものがありましたねぇ。一遍《いっぺん》、見せていただいたきりですけど」

お栄はすぐにその話にのってきた。

「あれは、私の部屋にしまってあります」

お高は頬《ほお》を染めた。大事な茶碗を日々使うことなど、考えたこともなかった。

「どうして？　せっかくの茶碗なんだから使ったほうがいいのに。そのほうが、作太郎さんも喜ぶと思うよ」

お近が分かったように言う。

「そりゃあ、そうだ。いくらいい茶碗だって、しまいこんでいたら役に立たない。毎日使って、少々古びたくらいのほうが贈った甲斐《かい》があるってもんですよ」

お栄も続ける。

「でも、あの茶碗、土がやわらかくてもろそうなのよ。すぐに欠けてしまうわよ」

「欠けたら金継《きんつ》ぎでもなんでもすればいいじゃないですかぁ」

お栄があきれたような顔をした。

金継ぎは割れたり、欠けたりしたところを漆《うるし》でつなぎ、金粉などを蒔《ま》いて仕上げるものだ。金を使うからもちろん高価だ。

「そんなぁ。金継ぎをするのは、銘品の場合でしょ。それはちょっと贅沢《ぜいたく》じゃないの」

お高は手をふった。

「おやぁ」

お近とお栄は顔を見合わせ、にんまりと笑った。

「あの茶碗はお高さんにとっては銘品じゃないんですか？　どうでもいい物なんですか？」

お栄が探るような目をした。

「そういう気持ちの出し惜しみは、よくないよ。好きっていう気持ちはけちけちしないで、ぱあっと外に出さないと」

お近がけしかける。

「けちけちしているわけじゃないけど」

お高は口ごもった。

「お礼の文《ふみ》を書いたんですか？」

お栄がずっと聞きたかったというふうにたずねた。

「いえ、まだ」

「どうして？」

「だって、どこに住んでいるのか分からないもの」

「そんなはずは、ありません」

「絶対、どこかに書いてあるよ」

お近とお栄は同時に叫んだ。

「文が入っていましたよね。今、どこにいるとか書いてなかったんですか？」

「短い文で、どこにいるとか、そういうことは何も……」

「そんなわけない」

「そうですよ。絶対、どこかに書いてあります」

ふだんはお近にちくちく嫌味を言うお栄だが、このときばかりはふたりは仲良しになる。

「ああ、分かった、分かりましたよ。お見せします」

お高は根負けして二階の部屋にお栄とお近を誘った。

「これが茶碗。それで、これがいっしょに入っていた文」

渋々お高は文を見せた。

『こちらはまだ雪が残っています。淡い春という銘をつけました　作』

書いてあるのはそれだけだ。

木の皮をいっしょにすき込んだ紙に、細筆でしたためてある。おおらかさと繊細さが入り混じった作太郎らしい文字だった。

「ほんとだ。どこにいるとか、全然書いてない」

お近はへらりと手紙を裏返してながめた。

ほかの人に触らせたくないわけではない。ただ、もう少し大事に扱ってくれてもいいのに。つい不機嫌な様子になってしまったらしい。

お栄がちらりとお高の顔を見た。

──そんなに大事な人なら、なんで早く返事を書かない。

そう言いたげだ。

「箱の裏とか、どこかにあると思う」

お近は探索の手を休めない。桐箱《きりばこ》を手に取ってながめていたが、やがて大きな声をあげた。

「ほらぁ、ここになんか、書いてありますよ」

「どれどれ」とお栄が手を伸ばす。蓋《ふた》の裏に、『志野《しの》　北山窯《ほくざんがま》』とあった。

「あるじゃないですか。この北山窯にいるんですよ。ここに返事を書けばいいんですよ」

「分かったわ。そうする……」

お高は渋々答えた。

「早いほうがいいですよ」

お栄は念を押す。

「ただのお礼の文ですから。気軽にね」

もう一度、だめ押しをしてお栄はお近を連れて階段を下りていった。

ひとりになったお高は蓋の裏をながめた。

『志野　北山窯』

とっくに気づいていた。

返事を書きたいという気持ちの一方で、ためらう気持ちがある。

何をどう書けばいいのか分からない。

文を書けば、もう届いたころだろうか、読んでくれたか、何か言ってくるのではないかと心待ちにする。

そんなふうにひとりの男のことが心の大半を占めていたときがあった。返事があったのは最初のころだけで、やがて男からの便りは途絶え、どこにいるのかもわからなくなった。

待つことにも疲れ、無駄だと分かっていても、心の持っていきようがなかった。

忘れられてしまったか。しつこい面倒な女と思われたか。

切なくて、みじめで恥ずかしかった。

今度も同じことになるのではないか。

そう考えると、返事を書くのが怖くなる。

もっと素直になればいいのに。

自分でも分かっているのに、その一歩が踏み出せない。

二

その日、久しぶりに丸九に来た源蔵は難しい顔をしていた。いつもなら、お膳《ぜん》を運んできたお近や、厨房《ちゅうぼう》にいるお高に何か声をかけるのだが、何も言わずに帰っていった。

そのあと、光太郎が来て、梅助も顔を見せた。

「藤屋さん、親子げんかでもしたんじゃないですかねぇ。今日は光太郎さんも梅助さんも、食べるときぐらいひとりにしてくれって顔してましたよ」

お栄がお高に言った。

「そうねぇ」

お高はあいまいに返事をしたが、なんとなく分かるような気がした。

家族で店をやっていると、家でも店でも親子兄弟、顔を突き合わせていることになる。親は子供を叱《しか》ることがある。子供も反発する。何か決め事があれば、親兄弟で意見が違ってぶつかることもある。

しばらく離れていたい、うっとうしいと思っても、そばにいるのだ。

それは、なかなかに大変なことである。

「やっぱり梅助さんのことかしらねぇ」

お高がそう言ったとき、入り口の方からおりうの声が聞こえた。

「こんにちは。遅くなっちゃったけど、まだ、お昼、いただけるわよね」

「はい。大丈夫ですよ。奥のお席にどうぞ」

お近の高い声が響く。

席についたとたん、おりうは眉を寄せ、ふっとため息をついた。

「おお、こりゃあ、本格的にもめたらしいねぇ」

――こりゃあ、面白い。

そう思っているに違いない。お栄の目がきらりと光る。

ふたり連れが帰って、店に残っているのはおりうだけになった。お近はのれんをおろし、お高は食後のあんずの砂糖煮とお茶を持っていった。

「あら、甘酸っぱくて、おいしい」

おりうは目を細めた。

「干しあんずをもどして、砂糖で煮たんですよ」

「甘さがちょうどいい。お茶に合うし。今度、家《うち》でもやってみようかしら」

そう言ったおりうの顔がくもった。

「どうか、されましたか？」

「ううん。たいしたことじゃないんだけどね」

おりうは話しはじめた。

店を手伝うことになった梅助だが、どうも商いに身が入らない。卵焼きの件で源蔵に叱られたことが遠因ではないのか。

おりうは気をもんでいた。

源蔵はその程度のことでやる気をなくすようでは話にならないと思っている。

昨日の朝、梅助を呼んで説教をした。

――お前も光太郎と力を合わせ、この藤屋を守《も》り立ててもらわねばならないんだぞ。分かっているのか？

それを聞いて、梅助は意外そうな顔をした。

――藤屋は兄ちゃんひとりで十分だ。俺はいなくてもいいんじゃないのかなぁ。

源蔵は思わず叱りつけた。

――誰がそんなことを言っている。

――誰がって、自分で考えたんだよ。みんなもそういうふうに思っているんじゃないのかなぁ。兄ちゃんと俺とじゃ、番頭さんも、職人さんも明らかに態度が違うよ。

――それは、お前が身を入れて仕事をしないからだ。もう、いい。今日は厨房に入るな。

源蔵の雷が落ちた。

その様子をおりうは物陰からはらはらしながら見ていた。梅助を呼んでたずねた。

――お前は藤屋を出て、何かしたいことがあるの？

――俺は自分の店をやりたいんだ。

初めて聞いた。

梅助がそんなことを考えているとは夢にも思っていなかった。

――店をはじめるのは、お前が考えるほど簡単なことじゃないのよ。第一、その金はどうするの？

梅助は意外にもはっきりとした口調で告げた。

――だから、最初は屋台だよ。知り合いのそば屋でそば打ちを教えてもらっていたんだ。あとは練習次第だって言われた。屋台なら、少しずつ貯《た》めた金でなんとかなりそうだ。

そば打ちを習っていたことも知らなかった。

おりうは次の言葉が出なかった。

だが、梅助に甘いおりうである。梅助がやりたいというなら応援したいと思った。

その晩、折を見て源蔵に伝えた。

今朝、源蔵は梅助を呼んだ。

――そば屋はだめだ。

――なんでだよ。

――そばは料理とは言えない。

――そんなことはないよ。打つのだって難しいし、つゆときたらさらに大変だ。

――だめと言ったらだめなんだ。

源蔵は頭ごなしに怒鳴った。

大きな声は厨房の光太郎やほかの職人たちの耳にも届いた。

「光太郎が私に怒るんですよ。ああいう話は外で、職人たちに聞こえないところでやってくれ。そうでないと、梅助はやっぱりやる気がないんだ、本当は仕出し弁当屋の仕事がしたくないんだって店の者は思う。そうなったら、後で気持ちを切り替えましたと言ったって、信用されないって」

たしかにその通りだ。さすがに光太郎である。

やっぱり藤屋は光太郎がいれば安心である。そして、それが分かっているから、梅助は別の道を模索したのだろう。

「親というのは欲が深いもんですねぇ」

おりうはため息をついた。

「梅助は体が弱くて、お医者様にちゃんと育つかどうか分からないと言われたんです。なんども、高い熱を出した。そのときは、もう、病気が治れば、命さえあればと思うんですよ。でも、病気が治るとそんなことを忘れてしまう。もっとしっかりしてほしい、光太郎と力を合わせて、藤屋を守り立ててほしいと、いろいろ欲が出るんです」

気持ちが分かると言いたいところだが、お高は子供がいないから、本当のところは分からない。それで、お高は黙って聞いていた。

「梅助が何かを自分からやりたいと言ったのは初めてなんです。もしそうなら快く応援してやりたいと、考えてはいたんですけどねぇ。よりにもよってそば屋とは」

おりうはため息をついた。

「そば屋はだめなんですか?」

お高はたずねた。おりうは困ったように笑った。

「だめっていうかね、悪い見本があるのよ」

源蔵の十歳違いの弟は大介《だいすけ》と言い、少々困りものだ。何をやっても長続きしない。楽なほうへと流れてしまうのだ。

「大介がやりたいと言ったのが、そば屋なの。修業をすると言ってしばらくそば屋で働いた。だいたいのことは分かったと言って、舅《しゅうと》から金をもらって店を出した」

そういう男だから、あれがいる、これがいると道具をそろえたのだそうだ。舅も今度こそはと期待したのだろう。言われるままに金を用意した。

狭いが立派な店になった。

「だけど、全然流行《はや》らないの」

「うまくいかなかったんですね」

「うまくいくわけないわよ。そばはまずい。汁もまずい。亭主は友達ばかり大事にして、あとは知らんぷり。払いに困ると藤屋に泣きついてくる。それでも十年は何とか店を続けたけど、結局、借金が増えるばかりなので店を閉めた。今は仕事もせず、毎月藤屋から届けられる金で暮らしている。法事に来ると、やあ、おりうちゃん、久しぶり、変わらないねなんて言うの。図々《ずうずう》しいったらないわ」

おりうは悔しそうな顔をした。

「だからって梅助さんもそうだとは限らないですよ。まじめな気持ちでそば屋をやりたいと考えているんじゃないんですか？」

「そうだといいんだけど……」

「信じてあげてくださいよ」

お高は言った。

梅助のよさは光太郎のように分かりやすくない。人と交わることが苦手で、あまりしゃべらないし、声も小さい。自分の好きなことに熱中するが、そうでないことには無関心らしい。まわりに気を遣わないし、自分を曲げてまで周囲の期待に応《こた》えようとはしない。

だが、怠《なま》け者ではないし、楽なほうに流れるというのとも違う。

それは食べるときの姿に表れる。

「父が昔からよく言っていたんです。食べるときの姿にその人の本性が表れるって。梅助さんはきちんとお膳に向き合って、ていねいに味わって食べています。自分の気持ちに正直なのではないですか？」

「そうだといいんだけど」

おりうはため息をついた。

「梅助さんは今もそば屋さんに行っているんですか？」

「そうなの。主人が店に出なくていいと言ったから、また手伝っているのよ」

「どこのそば屋ですか？」

「うちの三軒隣の呉服屋の角を入ってまっすぐ。『轟屋《とどろきや》』って看板が出ているわ。夫婦でやっている小さな店」

「小さな店」というその言い方に、おりうの気持ちが表れていた。いろいろ言いたそうにしていたが、それきり何も言わずため息をついた。

おりうを見送って厨房に行くと、お栄とお近が何か言い争っていた。

「どうしたの？」

お高はたずねた。

「だから、せっかくお高さんが言ってくれたんだから、包丁の稽古《けいこ》をしなって言っているんですよ」

お栄が言った。

「まだ、包丁はいいんです」

お近は鼻にしわを寄せ、口をへの字にした。

「そんなことを言っていたら、いつまでだってうまくならないよ」

「いいったら、いいんです」

お近は頑《かたく》なだ。

「包丁で怖い思いをしたことがあるの？」

「うん、まぁ」

言葉を濁《にご》す。

「だからって、怖がっていたらいつまでたっても同じだよ」

「だから、いつかやるってば」

「いつかっていつだよ。あんたのいつかは、あてにならない」

お栄に言われて、お近は悔しそうにまな板の上の包丁をにらんだ。

その言葉を聞いて、お高は自分が言われているような気持ちになった。

――いつ文《ふみ》を書くんですか。

その日は五がつく日で、お栄とお近はいったん家に帰った。お高は二階の自分の部屋に戻った。

さあ、返事を書こう。

紙を広げて、墨をする。

はて、何と書けばいいのか。

気の利いたことを書こうとするからいけない。ただの礼状だ。ふつうに書けばよいと思う。

季節の挨拶《あいさつ》からはじめて、『さて、先般いただいた茶碗《ちゃわん》』と書いた。

あまりに堅苦しい。

もう少し気持ちのこもった言い方はないのだろうか。

『茶碗をありがとうございました。お心にかけていただいて、うれしゅうございます』

なんだか安っぽい。なれなれしい。

あれこれ考えているうちに、自分に腹が立ってきた。

作太郎をどう思っているのだ。どう思われたいのか。

その答えが自分で出せないでいる。

結局、返事は書けなかった。

お高は梅助が働いているというそば屋に行ってみることにした。

古い小さな店だが、構えはこざっぱりとして感じがいい。かつおだしの香りが外まで流れてきて、客たちのにぎやかな声が響いてくる。縄のれんをくぐると、小上がりにお客が八人。満席である。昼もとうに過ぎているのに、立派なことだ。

客がひとり立ったので、そこに座る。

おかみさんが注文を取りに来たので、ざるそばと言いかけて、隣の男の手元を見た。温かいそばで白髪《しらが》ねぎがたっぷりとのって七味がふってある。

その隣を見ると、何やら丸い物がのっている。

「あれは、なんですか？」

お高はたずねた。

「上にのっているのは豆腐《とうふ》を丸めて揚げたものです。おいしいですよ」

髪に白いものが混じるおかみが愛想よく答えた。

「じゃあ、それ、お願いします」

おかみが厨房に向かって「あられひとつ」と声をかけると、「おう」という店の主人らしい男の声が響いた。

そばを待つ間、それとなく厨房の方を見ると、主人の後ろに梅助の姿があった。どんぶりに汁をはっている。

相変わらず背中が丸いが、意外にも慣れた手つきである。

ほどなく出て来たそばはおいしかった。

つゆはだしが効いていて、そばは香りがあり、ゆで加減もちょうどいい。ふわふわの揚げ豆腐もよかった。やはり揚げ物が入ると食べ応えがある。

しかし、豆腐を水切りしたり、揚げたりするのはなかなかに手がかかる。

もう一度、周りを見回した。

向かいは卵焼きとかまぼこのせで、その隣はあさり入りだ。

こんなにたくさんの種類があるそば屋は初めてだ。

主人ひとりでこなすのは大変だろう。よほど手早いのか。

この店で修業したら、ずいぶんと力がつくだろう。さすが藤屋の息子だ。梅助は見ているところは見ている。

店を出たあと裏に回った。裏の戸が少し開いていたので中をのぞくと、厨房が見えた。

案外広く、使い勝手がよさそうだ。

そうか、この厨房があるから、品数が多くても注文をこなせるのか。

お高は得心《とくしん》する。

端の方で梅助が真剣な顔をして何か刻み物をしていた。よく見ると、ねぎの外側の白い部分を切っている。白髪ねぎにするつもりらしいが、肩にも腕にも力が入っている。これでは、すぐに疲れてしまうだろう。

一生懸命な梅助の額に汗が光っている。

頑張れよと、声をかけてやりたいような姿だった。


お高は店に戻ると、大根を取り出した。梅助の姿を見たら、無性に桂《かつら》むきがしたくなったのだ。白い大根に包丁を入れると、さくりと小気味のいい音をたてた。

丸九を手伝うようになってしばらくして、お高は九蔵に料理を教えてくれと頼んだ。

――おめぇ、そんなこと言って包丁を持てるのか。

九蔵はたずねた。

――これから稽古します。

――なんだ、今から稽古か。仕事ってのは、習うんじゃねぇ。盗むんだ。今まで何を見てたんだ。

そう言ったときの九蔵は父親ではなく、親方の顔をしていた。

丸九では、厨房は九蔵と伊平《いへい》、外はお高とお栄というふうに仕事が分かれていた。厨房は料理人の世界。黒々とした境界線がくっきりと引かれていて、安易に立ち入ることは許されないという空気があった。

なかでも包丁は武士にとっての刀のようなものだから、みだりに他人の包丁に触れてはいけないとも教えられていた。

家で母親と自分が使っているようななまくらな包丁ではない。毎晩、各々研いでいるぴかぴか光る包丁だ。指の先が少しでも触れればすっと切れて血が出る。うっかりすれば指を落としてしまうかもしれない。

——せっかくやりたいって言ってるんだから、覚えてもらってもいいんじゃねぇですかい？

伊平が口添えしてくれて、手始めに桂むきを教わることになった。桂むきは大根などを皮をむく要領で薄く帯のように切っていく方法だ。

しかし、いきなり包丁を持つのではない。

まな板の前に立ち、右手で包丁を持ったつもりになって手を動かす。

それができたら、左手は大根を持ったつもりで添える。

右手で包丁を動かしながら、左手の大根も回転させる。

――体の力を抜く。肩や腕に力が入っていると疲れて、長く包丁を持てないんだ。

仕事の合間に伊平が教えてくれた。

しばらくして包丁を持つことが許された。

――大きく動かすんじゃなくて、ゆっくりゆっくり。上下に動かしながら少しずつ進むんだ。

そんなことを三日ほどやって、いよいよ大根を手にした。四寸（約十二センチメートル）ほどの長さに切った大根をむくのである。

実際に大根を手にすると勝手が違う。たちまち包丁が大根に食い込んで、きれぎれになった。

――こうするんだよ。

伊平が見本にやってみると、大根は向こうが透けて見えるほど薄く、均等にむけた。

お高はがっかりしてため息が出た。

――最初から、うまくはいかねぇよ。稽古しかないんだ。

伊平は困ったように薄く笑った。

あのとき、みんなはお高が気まぐれで言ったと思っていたのかもしれない。すぐに飽きてしまうと高をくくっていたに違いない。

けれど、お高は毎日、手が空《す》くと練習をした。半月ほどして九蔵が言った。

「――ちょいと、桂むき、やってみろ」

お高は九蔵の前で緊張しながら、桂むきをした。その手元をじっと見据えていた九蔵が言った。

――よし、じゃあ、明日から、桂むきはおめぇの仕事だ。伊平、その仕事はお高にやらせろ。

翌朝から、お高は早起きして店に来て、桂むきをした。九蔵に認めてもらえたとはいえ、早くは切れない。ずいぶんと時間がかかった。

お高は九蔵と伊平がだしをとったり、ご飯を炊いたりしている脇で、ひたすら桂むきをした。ちょっとでも、ほかのことを考えると、包丁は曲がり、大根は容赦なく短く切れた。お高がはっとして息をのむのが聞こえるのだろうか。九蔵は振り返り、「包丁を持っているときに気を散らすんじゃねぇ」と叱るのだ……。

お高は長くつながった大根の帯をながめた。

表面はぬれたように光り、向こうが透けて見えた。

五がつく日で夜は酒を出すから、刺身のつまにしようと思った。

店に入って来たお栄はお高の手元を見てほめた。

「おや、さすがお高さん。きれいな桂むきですねぇ」

続いて入って来たお近に言う。

「上手に桂むきができるとさ、ちっと鼻が高いと思わないかい？　あんたもせっかく丸九で働いているんだ、覚えておいて損はないよ」

「だったらお栄さんが習えばいいのに」

「あたしはいいんだよ。嫁にいくわけじゃないんだから。刺身につまはつきもんだろ」

そこまで言われてやっと、お栄の言葉の意味が分かったらしい。

お近の頰《ほお》が染まった。


店をあけると、惣衛門に続いて徳兵衛、そのすぐ後、お蔦がやって来て、いつもの奥の席に座った。

「お高ちゃん、なんか、悩みがあるんじゃないの？　なんでも聞いてやるよ」

膳を運んできたお高に徳兵衛が言った。

「そうですよ。こう見えても、あたしたちは人生の先輩ですからね」

惣衛門がやさしく声をかける。

お蔦は何も言わず、「ふふ」と笑った。

どうやら鎌《かま》をかけられているらしい。

「何にもないですよ。いつも通り」

厨房に戻ると、お栄とお近が何ごともなかったような顔をして酒を用意したり、刺身を盛り付けたりしている。

「あの三人にまた何か言ったでしょ」

お高はお栄とお近に文句をつける。

「ええっ？　あたしは何も言いませんよ」

お栄がとぼけた。

「知らないよぉ」

お近も首をふった。

いさきの刺身に、絹さやをさっと炒《いた》めて、かつお節と醬油《しょうゆ》をからめたもの、ご飯に汁、甘味《かんみ》はあんずの甘露煮《かんろに》だ。

「おお、うまそうな刺身ですねぇ」

惣衛門が相好《そうごう》をくずす。

「刺身とかけて、長年連れ添った夫婦とときます」

徳兵衛が得意のなぞかけをはじめた。

「ほうほう。それは、徳さんの家のことだね」

惣衛門がちゃちゃを入れる。徳兵衛が女房に頭があがらないのは、周知のことだ。

「もちろんさ。その心は、つまが大事です」

「おやおや、ごちそうさん」

お蔦も惣衛門も笑う。

「続きまして……、お茶の稽古とかけて」

徳兵衛はさらに得意そうな顔になった。

「おお、今日は絶好調ですねぇ」

丸九でおなじみになった徳兵衛のなぞかけに、ほかの席のお客たちも話をやめて聞き耳を立てているらしい。

「なるほど、お茶の稽古とかけて」

「うれしいいただき物ととく」

やっぱりそうきたか。お高はちらりと厨房を振り返る。お栄が横を向いて、舌を出した。

「その心は……、お懐紙《かいし》（お返し）を忘れずに」

店のあちこちから笑いがおこる。

なんだ、やっぱり茶碗のことか。お高は肩をすぼめた。お蔦にあんずの甘露煮を持っていくと、徳兵衛がどうだという顔をしていた。

「一日延ばしにするとよけい面倒になりますからね」

惣衛門が父親のようなやさしい声で言った。

「なんか、かっこいいとこを見せようとするからだめなんだよ」

徳兵衛は自分のことを棚にあげて分かったように諭《さと》す。

「向こうもきっと返事を待っているよ」

お蔦がそっと背中を押した。

「ありがとうございます」

お高は頭を下げた。

まったく小姑《こじゅうと》のようにうるさい三人だ。それは、つまりお高のことを心配してくれているということだ。

「ちゃんと今日、書きますから」

お高は答えた。


夜が深くなってお客がまばらになったころ、光太郎と梅助がふたりでやって来て、隅《すみ》の方に座った。

「どうして信州屋《しんしゅうや》は嫌なんだ。あの店なら一流だ。おやじさんの下でそば打ちを習いたいってやつは何人もいる。だけど、なかなか入れないんだ。そこを親父《おやじ》がお前のためを思って頭を下げて決めてきた。それをなんであっさり断る。断るなら断るで、もっと別の言い方があるだろう」

光太郎に言われて、梅助が頬をふくらませた。

「だから、信州屋のそばは俺の思うそばと違うんだよ」

「そういうことは一人前になってから言え。お前はまだ半人前、いやそこまでもいってねぇ、そばの入り口にやっと立ったぐらいだ。今が大事なんだ。妙な自分流のくせがつく前に、ちゃんと『ほんとのこと』を覚えねぇとだめだ。『三年かけて良師を探せ』という言葉を知らねぇのか。いい先生につくのが上達の早道なんだ」

信州屋は名店だ。あそこで修業をしたといえば、相当なものだ。源蔵や光太郎がすすめるのは道理である。

「とにかく、黙って信州屋に行け。それで、三年勤めろ。自分のそばがどうのこうのと言うのは、その後だ」

梅助の背中はまた丸くなった。何か言いたそうにしていたが、何も言わなかった。

お高はあの、裏道の小さなそば屋を思い出していた。

お客が絶えず来て、にぎわっている。夫婦ふたりで回しているのに、いろいろな種類があった。きっと梅助が心に描く理想のそば屋はああいう店なのだろう。

三

八百屋が持ってくるのは、絹さやからさや豆に代わっていた。

「豆がやわらかくて甘いよ」

さやは丸くふくらんで、中にはよく太った緑の豆が三つ、四つ並んでいる。お高はざるに山盛りふたつ買った。

さやをむいていると、お近がやって来てたずねた。

「これは何になるの？」

「そうねぇ、豆ご飯かな。いつも通り白飯も炊いて、豆ご飯はお代わりに」

薄い塩味でご飯に炊き込む。白飯を食べた後、さらにもう一杯というように男たちが食べていく。

お近はお高の隣に来て、豆のさやをむきはじめた。たちまちざるにさやが溢《あふ》れたが、豆のほうはどんぶりにひとつがやっとだ。

「さやはすごい量だけど、豆はほんのちょびっと」

不服そうにお近は頰《ほお》をふくらませた。

「ほんとうねぇ。でも、このさやに守られて豆は育つのよ」

お高はさやを手に取った。中の豆に栄養分を取られてしまったのか、やわらかく、みずみずしかったさやは固くなり、筋張っている。

お近がさやをはずそうとしたとき、中の豆が勢いよく飛び出して足元に転がった。

「お、元気のいい豆だ」

お近は豆を追いかけて拾った。

「さやから出るときは勇気がいるんだろうね」

「そうねぇ。どうかしら」

お高はそんなことを考えたことがなかった。

「さや豆はさやから出ないと一人前になれないんだって。なんでも、最初にやるときは勇気がいるって言われた」

「誰に？」

「剛太」

お近が付き合っている若い漁師である。

「初めて、おとっつぁんや兄ちゃんといっしょに漁に出るときは、ずいぶん怖かったんだってさ。でも、慣れたんだって。今は全然平気だって言ってた。怖い気持ちを乗り越えないと成長がないんだって」

お高はお近が何を言いたいのか、分かった気がした。

「包丁のこと？」

お近はそれには答えず、勢いよく立ち上がった。

「さぁ、急がないと、お客さん来ちゃうね」

お栄はめずらしくふたりの話に割り込まず、黙ってだしをとっていた。

「困ったことだと思いませんか」

昼遅く、丸九にやって来たおりうが顔をくもらせた。

「せっかく信州屋で働かせてもらえるようになったのに、梅助ったら三日で辞めてしまったんですよ。私にも光太郎にも相談せずに勝手に」

「まぁ、それじゃあ……」

お高は声をあげた。源蔵の怒った顔が目に浮かぶ。

「そうなのよ。せっかく、無理に頼み込んで入れてもらったのに。もう、何を考えているのか分からない」

「じゃあ、今はどうしているんですか？」

「前から通っている、路地裏のあの店にまた手伝いに行っているの」

「あの轟屋さんに」

「あら、お高さん、行ってくださったの？」

「ええ。気になったから。梅吉さん、まじめに働いていましたよ」

「だけど、ねぇ、あんな小さい、古い店。聞いたら、そば打ちはおやじさんの独学なんですって。村のそば打ち名人のおばあさんに習ったって言ってたけど……。上手ったって、田舎《いなか》の話でしょ」

お江戸で通用するはずがないと、言わんばかりである。

「私も行ってみましたけれど、いろいろ種類があっておいしかったですよ」

「そこが気に入らないの」

おりうは膝《ひざ》を進めた。

「ああいうのは具をのせてごまかしているだけ。そばの基本はそばとつゆ。そこで勝負をするのが本当のそば屋なのよ」

おそらく、それは源蔵の意見なのだろう。

おりうや光太郎にも意見されて、梅吉は信州屋に修業に出た。けれど、やはり、自分が習いたいのは轟屋のほうだと思った。

仕方なく、勝手に店を辞めた。そうするしかなかったのだ。

「お高さん、梅吉に言ってやってくれないかしら？」

おりうがちらりとお高の顔を見た。

「ええっ、私がですか？」

「だって、あの子は丸九のご飯が大好きだもの。お高さんのことは信頼しているの。あなたから言ってもらったら、梅吉の気持ちも変わると思うのよ」

「だって、梅吉さんとはろくに話をしたことがないですよ」

「いいのよ。それで。だってね、私たちとではけんかになっちゃうから。信州屋に戻ってくれとは言わないわ。話を聞いてくれるだけでいいから」

手を合わせて拝む真似《まね》をする。

店を閉めてからお高は轟屋に行った。

午後もずいぶん遅いので、休憩の札が出ている。裏に回って待っていると、梅助が出て来た。

「梅助さん」

声をかけると、梅助がこちらを見て「おや」という顔をした。

「丸九のお高さんですよね。誰かに用事ですか？」

「あなたの話を聞いてくれって、藤屋のおかみさんから頼まれたの」

梅助は大きなため息をついた。そうして道の端の方に歩いていった。

「お高さんまで、親父《おやじ》やおふくろの味方なんですか？」

低い声でたずねた。

「そうじゃないけど、親子だとけんかになるからって」

「けんかにするのは向こうですよ。俺の話なんか、最初から聞く気がないんだ」

頰をふくらませた。

「そりゃあ、信州屋のそばはおいしいですよ。つゆに使うかつお節も、さば節も上等のものだ。あの店の御前《ごぜん》そばのそば粉がどんなものか知っていますか？　そばの実の真ん中の芯《しん》のところだけ使うんだ。辛目《からめ》のつゆに、そばの先だけちょこっとつけて、のどごしを味わう。あの店はお腹《なか》が空《す》いたから行く店じゃなくて、通《つう》の人がそばを食べにいく店なんだ。だけど、俺がやりたいのは、そういう店じゃなくて、轟屋みたいにいろんな具がのっていてご飯代わりになるような温かいそばなんだ」

梅助は頰を赤く染めて一気にしゃべった。

「先日、こちらのお店に寄せてもらったの。揚げ豆腐《どうふ》ののったおそばを食べたわ。おいしかった」

梅助の瞳がやわらかくなった。

「そうですか。気づかなかった」

「だって、梅助さん、裏で白髪《しらが》ねぎをつくっていたもの」

あっと叫ぶと、梅助は恥ずかしそうな顔をした。その顔が幼くなった。

「ねぇ、轟屋のそばはいいでしょ。おやじさんのばっちゃんが村で一番のそば打ちで、そのばっちゃんに手取り足取り習った。それから、江戸に来て、自分であれこれ工夫した。信州屋のような上品なそばじゃないけど、具がたくさんのって、楽しいそばなんだ」

お高はふと気づいてたずねた。

「ねぇ、もしかして、仕出し弁当のようなそばをやってみたいの？」

梅助は少し考えていたが、ぱっと顔が明るくなった。

「そうだ。そうなんだ。どうして気がつかなかったんだろう。信州屋のそばはなんだか、淋《さび》しい気がしたんだ。だって、そばだけでしょう。ご飯なら、もっといろいろなものがっていないとだめだよ」

「おたくのご飯はおかずがたくさんあったのね」

お高が言うと、梅助はうなずいた。

「子供のころはとくに。俺は食が細かったから、おばあちゃんもおふくろもあの手この手で食べさせようと、お膳《ぜん》にいろいろ並べたんだ。俺はそれに慣れているから、そばだけだと淋しい。ご飯のような気がしない」

「だったら、お父さんやお母さんにも、そう伝えてみればいいのに。そうしたら、叱《しか》らないでちゃんと話をしてくれたかもしれないわよ」

「そうかぁ、そうすればよかったか。でも、もう、遅いかな？　親父もおふくろも兄貴も怒っているでしょう？　信州屋さんにも迷惑をかけてしまったし……」

声がまた小さくなった。

「藤屋の源蔵さんとおりうさん、光太郎さんは、このお店のそばを食べたことはないの？」

「ないですよ。はなから小さくて古い店だって馬鹿にしているから」

「困ったわねぇ」

食べてもらえば、梅助の気持ちも伝わるかもしれないのに。

「ねぇ、だったら丸九で食べてもらう？　私がおふたりをお呼びするから、梅助さんがそばを用意して、それを三人に食べてもらって、それから話し合いをすればいいんじゃないの？」

梅助は考えている。

「さや豆はね、いつかさやを飛び出さないと一人前になれない。怖くても、さやを飛び出さないと成長がないんですって。梅助さんと同じくらいの漁師の子が言っていたそうよ」

「わかりました。そうします」

強くうなずいた。

その晩、藤屋の三人のためだけに丸九を開けた。

源蔵とおりう、光太郎がそろってやって来た。

「お三人は轟屋さんのそばを食べたことがないとうかがったので、今晩は特別にご用意をさせていただきました」

お高が説明をすると、源蔵はちらりと厨房《ちゅうぼう》の方を見た。そこでは梅助がひとりでそばを用意している。

「お待たせしました」

梅助がそばの入ったどんぶりを持ってきた。

「なんだ、これは」

源蔵が苦い顔で言った。

そばの上には卵焼きとかまぼこ、青味に絹さやの細切りをのせ、さらにゆでたさや豆を散らしてある。

「流行《はや》りのそばだな」

光太郎がつぶやいた。豆腐百珍《ひやくちん》、卵百珍などの料理本が人気で、めずらしいそばを集めたそば百珍も出ている。

「だから、こういうものは邪道なんだよ。そばはそばを味わうもんなんだ」

源蔵は横を向いた。

「まぁ、せっかくですから、味をみてください」

お高がすすめた。

箸《はし》を取ったおりうが首を傾《かし》げた。

「あらいやだ。これ、うちの卵焼き？」

「いや、似てるけど少し違う」

光太郎が答える。

「今、厨房で梅助さんが焼いたものですよ」

お高が説明した。

「あいつ、なんで……。卵焼きのつくり方は教わってないはずだ」

源蔵がつぶやいた。

「やっぱり、家の味は体にしみこんでいるんじゃないんですか？　焼き方の基本は轟屋で教わったそうですが、味つけは自分の工夫だそうですよ」

お高が言う。

「かまぼこに絹さやか。どっかで見たと思ったら、うちの弁当だ」

光太郎があきれたような声をあげた。

とうとう源蔵は箸をおいて腕を組み、考え込んでしまった。

ついに笑いだした。

「しょうがねぇなぁ。汁の味もうちと同じだ。そうすると、なんだ？　そばで藤屋の仕出し弁当の味を出したいのか？」

「どうも、そうらしいですよ」

お高も笑ってしまった。

「おい、梅助。こっちに出てこい」

源蔵が呼ぶと、梅助が相変わらずの猫背で姿を現した。

「だったら、なんで、早くそう言わねぇんだ」

「いや、言いたかったけど……」

梅助は口ごもった。言っても、おとっつぁんは聞いてくれなかったじゃないかと、口の中でつぶやいているらしい。

「汁の味は悪かねぇ。けど、ちょいとかつお節を使い過ぎだ。どんぶりいっぱい汁をはるんだからさ、こんなにかつお節を使ったら、いくら勘定《かんじょう》をとったって合わなくなる」

源蔵は梅助を見つめた。

「それで、そっちの店はなんて言ってんだ。置いてくれるのか?」

「給金はあんまり出せないけど、店の脇の部屋で住み込みさせてくれるそうです。その気があるなら仕事を教えてくれるって言われました」

「あたりめぇだ。おめぇみたいな半人前に給金払ってたまるか」

「おやじ、梅助をほんとにそば屋にしてもいいのかい?」

光太郎が眉根を寄せた。

「あの……路地の店で修業させるの?」

おりうも不服そうに続けた。

「仕方ねぇよ。本人がそうしたいって言ってんだ。せいぜい頑張ってお客を呼べるようなそば打ちになるんだな。石の上にも三年だ。三年は辛抱しろ。話はそれからだ」

源蔵はそう言うと、箸で絹さやをつまんだ。

「しかし、この絹さやはしゃきしゃきしてうまいなぁ。さや豆もいいゆで加減だ。豆ってのは、上手にゆでるのは案外難しいんだ。豆も子供も大事に育てるのも大事だけど、時機が来たら飛び出ていくんだよなぁ。梅助も大きくなったってことだ」

小さくうなずいた。

その晩、お高は自分の部屋で筆を執《と》った。

さや豆から飛び出さなくちゃならないのは、自分も同じだ。いつまでも怖がってばかりいては進めない。

『ご飯茶碗、ありがとうございます。豆ご飯をつくってよそったら、彩《いろど》りが映えていっそうおいしく感じられました。

江戸に戻られました折には、丸九にお顔を見せてください　高』

何度も書き直し、やっとそれだけ書いた。

翌朝、お近は丸九に来ると、思いつめたような顔でお高に言った。

「あたしにも、包丁の使い方を教えてください」

「包丁、怖いんじゃなかったの？」

お高はたずねた。

「勇気を出して進まないと。いつまでも怖がっていてもしょうがない」

子供のころ、長屋に棒手振《ぼてふ》りの魚屋がいた。包丁を使っているとき、近くで遊んじゃいけないと言われていたのに、追いかけっこをしてぶつかった。はずみでいっしょに遊んでいた子供の腕に包丁が刺さった。血が流れ、大人は叫び、子供たちは泣いた。

もうちょっとで筋が切れて、腕があがらなくなるところだったそうだ。

今でもぴかぴか光る包丁を見ると、そのときの光景を思い出す。

お高が使っているのは平気だった。上手だってわかっているし、そばに寄らないから。

でも、自分で扱うのは怖かった。

「せっかくお高さんが教えてくれるって言うから」

お近は強い目をしていた。

「そうだよ。その心がけだよ」

お栄がうれしそうに笑った。

その朝、八百屋が持ってきたさや豆は丸々とよく実っていた。

「あと、三日もしたら固くなる。今が一番、おいしいときだよ」

お高はその日もざるに山盛り買った。

砂糖を加えて甘く煮て、うぐいす豆にして甘味《かんみ》に出そうと思った。

第三話　浮世の豆腐

一

梅雨《つゆ》のはしりのような重たい風が吹いてくる。

こんな蒸し暑い日には、豆腐《とうふ》がおいしい。

丸九の厨房《ちゅうぼう》の桶《おけ》に白い豆腐が浮いている。ここのところ冷ややっこを出すので、桶がひと回り大きくなって量も増えた。冷たい水に白い花が咲いたようだ。

お近は真剣な顔をしてまな板に向かい、豆腐をやっこに切っている。それをひとつずつ、器《うつわ》に移す。十個ほど器が並んだところで、大きなため息をついた。

「豆腐を切るだけで、そんなに大変かねぇ」

さっきからその様子を横目でちらちらながめていたお栄が言った。お近が豆腐を切る間にみそ汁を仕上げ、ぬか漬けを切ってしまった。

「豆腐はくずれたらだめだからね、真剣にやらないとさ」

お近は真顔で答えた。先ほどお高に言われたばかりだ。

「豆腐は角がぴしっとしているところに値打ちがあるのよ。自分のところにくずれた豆腐が来たらがっかりしちゃうでしょ」

苦手な包丁を持つのも練習のためだ。もっともやわらかな豆腐を切るのだから、包丁といっても刃はないに等しい。それでもお近はおっかなびっくり。乱暴に扱うとくずれてしまう豆腐を相手に難儀していた。

「それにしても豆腐っていうのは便利だねぇ。冷ややっこに煮豆腐、白和《しらあ》えでしょ。何になってもおいしいのが偉い」

お近が言った。

「へぇ、あんたは白和えが豆腐から出来ることを知ったんだ。えらい、えらい」

お栄がからかう。

「知っているわよ。だって、昨日も、白和えをつくったばっかりじゃないの」

お近は頰《ほお》をふくらませた。

木綿《もめん》豆腐はさらし布で包んで重石《おもし》をして水気を切り、それをすり鉢《ばち》でていねいにすりおろし、練りごまと醬油《しょうゆ》と砂糖で味を調《ととの》えてころもをつくり、具と合わせる。

昨日はさっとゆでた根三つ葉を使ったが、下味をつけたこんにゃくや干ししいたけのこともあるし、夏になればいんげんもおいしい。評判もいいし、お高自身も好きなのでよく献立《こんだて》に加えている。

「じゃあ、聞くけど、豆腐料理はいったいいくつあると思うね？」

お栄は炊きあがったご飯をほぐしながらたずねた。

「えぇっと、二十ぐらい？」

お近が首を傾《かし》げた。

「まだまだ」

「もっとあるの？　じゃあ、五十」

「そんなもんじゃないよ。百よりもっとある」

お栄が言うと、お近は「へぇ」と言って目を丸くした。どうやら、豆腐百珍《ひゃくちん》のことを言っているらしい。天明二（一七八二）年に出版された料理本で、その名の通り百種、百通りの豆腐料理が紹介されている。当時、大評判となったそうだ。

お高はふたりの話を聞きながら鍋《なべ》の中をのぞいた。鯛《たい》のあら炊きである。香りのいい新ごぼうと針生姜《はりしょうが》を添える。

濃い目の煮汁でこっくりと煮た鯛はつやつやと光っている。客たちは早いのが一番などと言うくせに、食べるのに時間のかかるあら炊きが大好きだ。骨のまわりのぬるぬるしたところにうまみがあるので、みんな手を汚して骨をしゃぶっている。とくに目玉のあたり、唇のところはうまみがたまっている。鯛のあら炊きを食べる醍醐味《だいごみ》になるのだ。

表の方がなにやらにぎやかだ。そろそろ店を開ける時間だ。今日の献立は、鯛のあら炊きと冷ややっこ、わかめのみそ汁にあずきの蜜漬《みつづ》けである。

「お近ちゃん、のれんを上げて。さぁ、今日もはじまるわよ」

お高は元気のいい声を出した。

朝一番の客の波が過ぎて一段落したころ、いつもの豆腐屋の能登屋《のとや》がやって来た。日本橋日枝《ひえ》神社の近くに昔からある店で、五十がらみの店主は、薄くなった髪を後ろでまとめて小さな髷《まげ》を結《ゆ》っている。その髷も半分は白髪《しらが》である。

「いつも、ありがとうございます」

能登屋の亭主はていねいに挨拶《あいさつ》をした。

「こちらこそ」

お高も頭を下げる。

九蔵がいたころからの付き合いで、能登屋は大豆《だいず》を吟味《ぎんみ》しているし、井戸がいいから豆腐は味が濃くてまろやかだ。とくに絹ごしはやわらかくて、うまみがある。冷ややっこにしておいしいのはそのためだ。

「お客さんも楽しみにしているんですよ」

そんな話をしているとき、店の方で大きな声がした。

「丸九さんはどんな豆腐を出しているんだよ。おかげでうちの若いもんが腹をこわしたって寝ているんだよ」

甲高《かんだか》い声が厨房の方にも響いてきた。

一瞬、能登屋の目が鋭くなった。

お高はすぐさま店に出た。

男は十八ぐらいか。藍色《あいいろ》のお仕着せを着たお店者《たなもの》だった。ひょろりと背が高く、浅黒い肌に高い頬骨が目立った。

「うちの若いもん」と言うけれど、自分だってまだ下から数えたほうが早いような年ではないだろうか。

「いったい、どうされたんですか？」

お高はたずねた。

「昨日、ここで朝飯を食べた男が腹をこわして寝ているんだ。朝飯の豆腐がすっぱいような気がしたって言ってる。しばらくしたら腹が痛くなって、それからずっと苦しんで、まだ寝ているよ。忙しいときに困っちまった」

男はまわりにも聞こえるような大きな声を出す。客たちがささやき合う声が聞こえた。

けれど、そんなはずはないのだ。

朝、届けてもらった豆腐は昼までには食べ切ってしまう。夜、店を開けるときは、新たに豆腐を届けてもらう。

「それは申し訳ありませんでしたね。でも、何かのお間違いじゃあ、ございませんか？丸九は昨夜《ゆうべ》の豆腐を使ったりはいたしません。朝仕入れた豆腐は昼までに使い切ります」

お高は男の目を見つめて言った。

「でも、そいつはたしかに昨日、お宅に来て朝飯を食った。そしたら、夜になったら腹が痛くなった」

さっきは「しばらくしたら」と言ったのに、今度は「夜になったら」だ。ずいぶん時間に差がある。

「丸九ではなく、どちらかよそ様でいただいたものではないのですか？」

「そんなことねぇよ。そいつは俺たちといっしょに昼と夜はまかないを食ったんだ。ほかのやつはなんともないのに、そいつだけ腹をこわすのはおかしいだろ」

強い口調で言った。

「でも、先ほど申し上げたように豆腐だとは考えにくいものですから」

「じゃあ、俺が嘘《うそ》を言っているってぇのか？」

男はいらだったように体を揺すった。

「そうではなく、お客様の勘違いではとおたずねしているのです」

つい強い口調になった。

お栄が心配そうにこちらを見ているのが分かる。お近は下げた膳《ぜん》を持ったまま、どうしたものかというように立ちすくんでいる。

言い方がきつくなったのは、能登屋の亭主がいたからだ。

いい加減な扱いをしていると思われたくなかったのだ。

「別に俺は金がほしいとか、そういうことで言っているんじゃねぇんだよ。ただ、昨日、お宅の店で豆腐を食べた。なんだかおかしいと思ったら、案の定、後から腹が痛くなった。だから気をつけてくれと言っているんだ」

「ですから、それが何かのお間違いではないかと申し上げているんです」

お高の声も高くなった。

「まぁまぁ、申し訳なかったですねぇ。気をつけてはおりますが、この気候ですから万が一ということもございます。こちらで、もう一度よく調べてお返事いたします。どちら様でいらっしゃいますか？」

お栄が割って入った。

いつになくていねいなお栄の物言いに客の表情が和《やわ》らいだ。

「そうだよ。最初からそう言ってくれりゃあいいんだよ。頭っから、そんなはずはねぇ、うちは正しい。お前が間違っているんだろなんて言われちゃ、こっちの立つ瀬がねぇや。俺は長谷勝《はせかつ》の者だ。辰吉《たつきち》って言ってくれりゃあ分かるから」

聞き耳を立てていた客たちの間から「長谷勝だってさ」「おやおや、大変だ」というささやき声があがった。

長谷勝は日本橋の俵物《たわらもの》、つまり海産物を扱う問屋である。この界隈《かいわい》で、長谷勝の女主人、お寅《とら》の名を知らぬ者はいない。六十過ぎて髪は真っ白になり、体はやせて小さくなったが、昔ながらに気性が荒く、いまだに男たちを大声で怒鳴り、厳しい舌鋒《ぜっぽう》でやりこめている。

お寅ともめたら大事だ。

そんな気配が漂った。

お栄は愛想笑いを浮かべて、辰吉を見送った。

だが、気がおさまらないのはお高である。

厨房に戻ってくると「だって、そんなはず、ないじゃないの」と怒った。

「いやいや、ああいうお客さんはどこにでもいますから。大丈夫ですよ。こちらさんに落ち度があるとは思っていませんから」

能登屋の亭主が申し訳なさそうな顔をした。

そんな一件があったが、その後、次々と客が来て、丸九は相変わらずのにぎわいとなった。

　惣衛門、徳兵衛、お蔦もやって来て、お決まりの場所に座った。

「今日は鯛のあら炊きですか？　うれしいですねぇ」

　惣衛門が顔をほころばせる。

「合いの手がごぼうというのが粋《いき》だね。ごぼうは今がおいしいんだ。お高さんはやっぱりわかっているよ」

　徳兵衛が喜ぶ。

「あたしはやっぱり、あずきの蜜漬けだねぇ」

　甘い物好きのお蔦が言う。

「今日のあずきは特別大きいんです。やわらかく煮て、蜜に漬けて、井戸水でひんやり冷やしてあります」

　お近が得意そうに言った。

「あら、あんたがつくったの？」

「はい。お高さんに教えてもらって」

　お近はうれしそうに答えた。最初から砂糖をたっぷり加えると豆が固くなってしまうから、はじめはごく薄い蜜で煮る。その次は少し甘く、最後はとろりとするほど甘い蜜に漬けて味を含ませる。手間はさほどかかっていないが、時間をたっぷりかけている。

鯛のあら炊きに青菜のおひたし、みそ汁、ぬか漬け、ご飯がのった膳を見て、惣衛門は首を傾げた。

「冷ややっこじゃなかったんですか？」

たずねられたお近は困った顔になった。

「今日は冷ややっこはお休みです。いろいろあって……」

「豆腐はないの？」

徳兵衛がたずねた。

「ありますけど」

「だったら、俺は冷ややっこがいいよ」

「それが……」

厨房を振り返る。

お栄がだめだめというふうに首をふった。

「なんですか、丸九さんらしくないですよ。豆腐は大丈夫なんでしょう？　ちょっと人に言われたぐらいで自分を曲げちゃいけませんよ」

惣衛門が言う。

どうやら先ほどのあれこれは、もう、三人の耳に入っているらしい。

「よし、景気づけにひとついくか。豆腐とかけて、嫌な相手に下げる頭ととく」

店に入る前から考えていたのだろう。徳兵衛は得意そうにしゃべりだした。

「はいはい、その心は？」

惣衛門が合いの手を入れる。

「どちらも苦汁《にがり》が必要です」

厨房で聞いたお高も思わず苦笑いをした。まったく煮ても焼いても食えない三人組だ。

「はい、分かりました。冷ややっこ、出せばいいんでしょ」

仕入れた豆腐はまだ桶にたくさん残っている。いつもの倍の大きさに切って器に入れて持っていった。

「なんだ、豆腐、あるんじゃないの」

「おいらもそっちのほうがよかった」

ちらほら残っていた客が声をあげた。

「分かりました。分かりました」

お高は客たち全員に冷ややっこを運んだ。

そうやって、みんなが豆腐を食べているちょうどそのとき、入り口から新しい客が入って来た。

五十がらみの恰幅《かっぷく》のいい男だった。藍色のつやのある着物を着ていた。地味ななりだが、金がかかっているのが分かった。

「ごめんなすって。こちらにお高さんという方はおいでですか？」

低い声でたずねた。

「私ですが」

お高が出ていくと、男はずいと頭の先から足元までながめた。

「お初にお目にかかります。長谷勝の大番頭をしております、吉蔵《きちぞう》と申します」

長谷勝か。

どうやら今朝の話が蒸し返されるらしい。

お栄は肩をすくめて厨房の奥に隠れた。お近は例によってあたりをうかがうように目をきょろきょろさせている。

惣衛門、徳兵衛、お蔦も何が始まるのかというようにこちらを見ている。ほかのお客たちは我関せずというふうでひたすら食べている者もいるし、「おや？」というように顔を上げた者もいる。

「いや、ほかでもありません。うちの手代《てだい》がこちらで豆腐を食べて、それから腹の具合がおかしくなったと言って仕事を休んで寝ています。本人は今日一日、休みたいと言っているんですがね、手が足りないときにのんきに寝込まれたらこっちも困る。どうなっているのか、お聞きしたいと思いまして」

吉蔵はぐるりと店の中を見回した。

「みなさん、豆腐を召し上がっているようで」

「そうですよ。辰吉さんにもお伝えしたんですけどね、店で使っている豆腐は毎朝、能登屋さんという店から買ったものを出しています。昼過ぎには売り切れてしまいますから、前の日に残ったものをお出しするというようなことはないんです。何かのお間違いではないかとお答えしましたけど」

「そうですか。私が辰吉から聞いたのとは少し違いますねぇ」

吉蔵は首を傾げた。

「どこが違うんですか？」

ついお高の声が高くなる。

「おかしいじゃないかと文句を言ったら、たしかにそういうことはあるかもしれない。もう一度、調べて返事をすると答えたそうですよ。心当たりがあるということではないんですか？」

お高は思わず、厨房のお栄を見た。

――その場しのぎのことを言うから、こちらに落ち度があるように見られてしまうのよ。

お栄が肩をすくめた。

「そういうことではなくてですね。お客様がたくさんいらっしゃる忙しい時間だったので、時を改めてお話ししたいという意味だったんです」

「しかしねぇ。あなたはそうおっしゃるけど、今のこの気候でしょう？　よくよく注意しても万が一ということがある。げんにうちの手代は寝込んでしまったんですよ。腹痛といってもひどい熱でね、下痢《げり》がとまらない」

「それは……」

「ほかに理由が思いつかないと言うんです。おととい、朝まで働かせたんで、昨日は休みをとらせました。お宅で朝飯を食べ、昼と夜は店のまかないを食べた。みんなと違う物を食べたのは朝飯だけだと言っているんです」

「つまり、うちのご飯しか考えられないと」

「そうです」

「でも、丸九でもお腹《なか》をこわしたという方はいらっしゃらないんですよ。昨日だけじゃなくて、ここ何年も」

お高は強い調子になった。

吉蔵は困ったなというふうに薄笑いを浮かべた。

「これじゃあらちがあかない。申し訳ないが、あなたではなく、別の方はいらっしゃらないのですか？」

「は？」

「店のご当主という意味です」

「私がこの店の主人ですが」

「それは失礼いたしました。女の方はすぐむきになるので、話しにくいんですよ」

それは長谷勝の主人のお寅のことを言ったのかもしれない。

だが、お高はかちんときた。馬鹿にされたと思った。落ち着いたほうがいいというようにお栄が来て、袖《そで》をひいたが、その袖を振り払ってお高は言った。

「何をおっしゃりたいのかよく分かりませんが、とにかく、お宅様の手代衆のご病気と私どもの料理はまったく関係がございませんから。そういう言いがかりをつけられると、本当に迷惑なんです」

「言いがかりをつけるとは心外です。やはり、話にならないようですので、失礼いたします」

吉蔵は帰っていった。

見送ってお高がふと後ろを振り向くと、店にいた全員がこちらを見ていた。長いようで短い話をしている間、誰も立ち上がらなかった。事の成り行きを見守っていたのだ。

お高はしまったと思った。

店の奥から徳兵衛が、ちょいちょいと手招きしている。

近づいていくと、徳兵衛はにやにや笑い、惣衛門は渋い顔で、お蔦はだからなんなのさというふうにすましている。

「あのね、そんなにつんつんした言い方をしたら、まとまる話もまとまんないの。女の人はまあるく、かわいくしていないとね」

徳兵衛が言った。

「かわいくしていればいいんですか？　時と場合があります」

お高は口をとがらせた。

「楷書《かいしょ》のお高さんが今日は、本当に四角四面になってしまいましたねぇ」

惣衛門も困った顔になっている。

「いいよ。いいよ。女が店を張っているんだ。突っ張るところは突っ張らないとさ。そう男に都合のいい女じゃいらんないよ」

お蔦がなぐさめるように言った。

二

店を閉めた後、お高はお栄とお近にたずねた。

「昨日、長谷勝の手代さんらしい人が来たかしら？」

辰吉が「うちの若いもん」と言ったのだから、辰吉よりさらに年若だ。十六、七だろうか。どうやらひとりで来たらしい。

「うちは敷居が高いんだ。長谷勝の手代が来るような店じゃないですよ」

お栄が言ったので、お高とお近が笑った。

敷居が高いわけではないが、一膳《いちぜん》めし屋にしたら少々値がはる。その分材料は米も魚も野菜もいいものを吟味《ぎんみ》している。白飯のお代わりができて、最後の甘味《かんみ》もつく。おいしいものを腹いっぱい食べることができるから、損はさせていないつもりだ。

やって来る客は市場で働く男たち、漁師や百姓、商店主やその隠居。つまり働きがよくて、食べ物に金をかけられる者たちだ。部屋住みで三食店のまかないを食べているようなお店者《たなもの》は、あまり来ない。

「そういえば……」

お近が首を傾《かし》げた。

「店の奥の方でひとりでご飯を食べている子がいたよ。十六ぐらいかな。色が白くて丸い顔をしていた。藍色《あいいろ》のお仕着せを着てたけど、それが似合わないんだ。どう見ても、大事に育てられた惣領《そうりよう》息子って感じだった」

同じ年ごろの者は目にとまるらしい。

「その子かしら？」

三人で首をひねっていると、がらりと戸が開いて政次が顔をのぞかせた。

「おお、冷ややっこあるか？」

その声にからかいの調子が混じっている。政次も騒ぎを耳にしたらしい。

「ありません。店ももう閉めました」

お高はわざと冷たく答えた。

政次は勝手知ったる様子で厨房《ちゅうぼう》に入って来て、桶《おけ》をのぞいた。

「なんだ、豆腐《とうふ》はまだたくさんあるじゃねぇか」

「だって、一時、青菜のおひたしに代えたんだもの」

お近が少し淋《さび》しそうに言った。

「そうか。この豆腐はどこで買っているんだ？」

「日枝神社の手前の能登屋さん」

「ああ、あそこか。うちもそうだよ。親父《おやじ》の代からずっと能登屋だ。あそこの豆腐を食べたら、よそのは食べられねぇ」

「そうでしょ。その能登屋さんがいるときに、長谷勝の人が文句を言いに来たの。申し訳なくて困ったわ」

お高は肩を落とした。

「その話なんだけどさ、さっき、俺、長谷勝に呼ばれたんだ。お寅ばあさんが来いって言うからさ」

「なんで、政次さんが呼ばれるのよ」

「あのばあさん、お高ちゃんのことを俺の女房だと思ってたらしい」

「ええっ」

お高は目を白黒させた。

「大黒様《だいこく》のことでいっしょに行ったから？」

いや、あのときは作太郎と三人だったはずだ。

「いやあ、その前からそう思ってたらしいよ。女房は別の女だと言ったら、なんでだって聞かれた」

政次は屈託《くったく》のない様子で答えた。

お高と政次は幼なじみだ。子供のころからよくいっしょに遊んでいた。
十五、六になると、同じ年ごろの子供たちが集まって、やれ祭りだ花火だと出かけていった。政次はみんなを集めて何かするのが好きだった。いつも仲間の中心にいた。政次は面白い遊びを思いつくのは上手だが、細かいことを考えるのは苦手で、面倒なことはみんなお高に押し付けた。お高は文句を言いながら、その世話を焼いていた。
政次は惚《ほ》れっぽくてしょっちゅう誰かを好きになり、振られていた。そんな政次をお高は叱《しか》ったり、なぐさめたりしたものだ。お高が一番心を許した友達でもあった。

そういう居心地のいい関係が長く続いた。

結局、どこまでいっても、恋にはならなかった。

「やあねぇ」

お高は笑った。今さら、そんなことを言われても、くすぐったいだけだ。

「まぁ、それはさておき、例の長谷勝の腹をこわした子なんだけどさ」

政次は床几《しょうぎ》に腰をおろし、お栄がいれたお茶をひと口飲んだ。

「羊太郎《ようたろう》って十五の子だ。長谷勝のお寅ばあさんの知り合いの子だ。なんでも、船主の家の三男坊だってさ」

「他人の家で苦労してこいってことなの？」

お高がたずねた。

「うん。まじめないい子なんだけど、少々気が弱い。このまんまじゃ、将来が心配だっていうんで、長谷勝に来ていた。三月《みつき》ほど、手代といっしょに働いて仕事の厳しさを学ぶってことだ」

その話を聞いてお近が「ほら、あたしの言った通りでしょ」というようににやりと笑った。

「その羊太郎が昨日、腹をこわした。くそが水みたいになって、厠《かわや》から出られなくなったってさ。それで、お寅ばあさんは青くなった。大事な預かりものの息子だ。なにかあったら大変だ。家に連絡をして、今は実家に帰って休んでいる」

それであの番頭が来たのか。

「朝飯は丸九で食べた。昼と夜はまかないだ。それで、羊太郎のほかには腹をこわしたやつはいない。つまり、丸九の飯よりほかには考えられないんだよ」

「だからって、うちの飯だって決めつけないでほしいわね」

お高は固い声を出した。

季節柄《がら》、食あたりには注意をしていた。

使ったまな板はたわしで洗い、熱湯をかけて乾かした。ふきんは何枚も用意してそのたびに煮沸《しゃふつ》し、からからになるまで日に干している。

野菜も魚も豆腐もその日に入った新しいものを使っているし、蠅《はえ》などの虫が来ないようにしている。

「料理屋で食あたりを出すってことがどういうことか、分かっているでしょ。そんな噂《うわさ》が流れたら、大変よ。能登屋さんにだって迷惑がかかる」

「まぁ、そうなんだけどさ」

政次が困った顔になった。

「一度、お寅ばあさんのところに顔を出してほしいんだ」

「どうして？」

「お高ちゃんのほうが年下だからさ。近所のお付き合いってことで」

「それって、謝りに来いってことでしょ。いやよ。妙な言いがかりをつけられて困っているのはこっちなんだから」

お高の語気が強まった。

「それに私が謝りに行ってもだめだと思うわ。あちらの番頭さんに言われたの。女はすぐむきになるから話にならないんですって。店の当主はいらっしゃいませんかって言うから、私がそうですって答えたら、困った顔をしていた」

政次は苦笑いをした。

「それじゃあ、しょうがねぇな。わかったよ」

帰っていった。


お栄とお近が帰った後、お高は能登屋に行ってみた。

青物町《あおものちょう》を過ぎ、橋を渡って少し行き、日本橋日枝神社の手前に店がある。午後も遅い時間だから朝つくった豆腐は売り切って、店先には油揚げや厚揚げが並んでいた。

手代がひとり、店番をしていた。

お高が名乗ると、奥から能登屋のおかみさんが出て来た。よく太った頬《ほお》の赤い、いかにも働き者という様子のおかみさんはお高の顔を見ると、笑顔になった。

「今朝のことがあって、心配なので来てみました。ご迷惑をおかけしました」

「いいえ。うちは昔っからお付き合いのあるところばかりですから、そういうことは関係ないですから。大丈夫ですよ」

お高はほっとした。

「だけど、あれから長谷勝の番頭さんとおっしゃる方が、うちをたずねていらっしゃいましたよ」

「そうなんですか？」

お高は驚いた。番頭は丸九に来た後、能登屋に回ったのだ。

「ちょうど、亭主がいるときでした。丸九さんのところはきちんとしていらっしゃるから、食あたりするような品物はぜったい扱いませんよ。先代の九蔵さんの教えがありますから。九蔵さんは料亭の英《はなぶさ》の板長をしていた人なんですよって言ったら、納得してくれたようですけど」

「ありがとうございます」

お高は礼を言った。

どうやら話は片づいたらしい。

だが、なんとなくお高の気持ちがおさまらない。

お高の前では不満そうな顔をしていた長谷勝の番頭が、能登屋で亭主に話を聞いてあっさり納得したのはなぜか。

亭主が男だったからか。

店をはじめたのは、英の板長だった九蔵だと聞いたからか。

そんなに、英の板長の看板は重いのか。

女のお高は信用ならないのか。

知らずに不満顔になっていたらしい。おかみさんが言った。

「でも、お高さんは偉いですよねぇ。お父さんの跡を継いで店を仕切って、りっぱに続けていらっしゃるから。人もふたり、使っているんでしょ?」

「ふたりと言っても、ひとりは父の代から来ている人ですし、もうひとりは若い見習いですから」

「それだって、ねぇ。人を使うのは大変だもの。私なんか、八歳、六歳、五歳と子供が三人もいるものですから家のことで手いっぱい。もう少し店のほうも見てくれって言われますけど、とてもとても」

ほほと笑った。

「お子さんに手がかかるうちは仕方ないですよ」

「それに豆腐は男の仕事だから、女は手が出せないんですよ。水仕事だし、豆をかつぐんでも重くて大変だから……」

「そうですねぇ」

お高は言った。

言外に、あなたと私は違うからと言われたような気がした。

豆腐が男の仕事なら、料理だって同じだ。女の板前など聞いたこともない。こうしてお高が料理をつくって店を切り盛りできるのも、一膳めし屋だからだ。料亭のように品数も多くないし、つくるものも飾りけのないものばかり。

だからお高は、自分を板前とは思っていない。

料理人という世界の隅《すみ》っこの方で、自分のできることを少しだけやらせてもらっていると、背中を丸めている。

毎日忙しいが、お客の喜ぶ顔を見ると疲れも吹き飛ぶ。明日は何をつくろうかと頭を悩ませるのが楽しい。旬《しゅん》の野菜を見ればうれしくなるし、生きのいい魚が手に入れば胸がときめく。そういう暮らしが自分には合っている。

たしかにそう思う。

そういうお高を女たちは偉いとほめる。

けれど、本音は違うのではないか。

女の本分は夫に仕《つか》え、子を育て、家を守ること。そのことを忘れていませんかと、問われた気がする。

いや、そう感じるのはお高のひがみかもしれない。

お高が本当に望んでいるのは、ひとりで頑張って店を切り盛りすることではなくて、誰かに守られることではないのか。

まさか。まさか。

自分の店だから張り合いがあるのだ。

守られているという言葉は美しいが、外出もままならず、わずかなお金も自分のものにはならず、亭主の顔色をうかがっている女たちのなんと多いことか。

そんなことを考えながら歩いていたら、日枝神社の鳥居が見えた。戻るつもりが前に進んでしまったのだ。

境内《けいだい》には茅《ち》の輪《わ》があった。茅の輪をくぐると正月から半年間の罪や穢《けが》れを祓《はら》うとともに、残り半年の無病息災がかなうという。

お高もせっかくだからと輪をくぐった。

この輪は「水無月《みなづき》の夏越《なごし》の祓《はらえ》する人は、千歳《ちとせ》の命延《の》ぶというなり」と唱《とな》えながら、左足からくぐり、左側をまわって元に戻り、次は右足から……と交互に三度くぐったあとでお参りをする、という作法がある。また、帰りには茅《ちがや》の葉を抜き取り、門口に挿しておくことで邪気《じゃき》を祓うとされる。

いわれ通りに和歌を唱えながら輪をくぐると、なんだか、気持ちが落ち着いた。

何を今さら、お高さんは偉いのひと言で心が乱れるのだ。

私は私。

我が道を行くんだ。

さすが、神様。なんでもお見通しだと、賽銭《さいせん》を投げ、柏手《かしわで》を打った。

鳥居をくぐって神社を出ると、その先には天ぷらの屋台があった。

店頭には串《くし》に刺したごぼうやれんこん、ちくわ、魚の切り身やいかの足があった。注文を受けて屋台のおやじは串に刺した魚の切り身を、粉を水で溶いたころもにくぐらせ、揚げ鍋《なべ》に入れた。じゅうという音とともに泡が浮かび、ころもがぷくりとふくれた。

おやじはほどよいところでひっくり返し、皿に取る。

次に穴のあいたお玉にころもを少しとって、刻んだ紅生姜《べにしょうが》を入れた。お玉ごと鍋の中に入れると、紅生姜のかき揚げになった。

何度も使いまわしたらしい油はすでに褐色《かっしょく》になっている。屋台は油がしみて、お世辞にも掃除が行き届いているとは言えない。野菜はともかく、いかや魚は新鮮とはいいがたい。

だが、香ばしい匂《にお》いに誘われる。目の前で揚げるというのも楽しい。

お高の足は自然に屋台に向いた。屋台の前には三人の若者の後ろ姿があった。

「おやじ、いかげそな」

声に聞き覚えがあった。よく見れば、あの長谷勝の辰吉である。

その横に同じようなひょろりと背の高い若者がいて、ふたりにはさまれるようにいるのは、小柄なまだ少年といっていい年ごろだ。

「八十吉《やそきち》は何にする？　羊太郎もなんか、たのんでいいぞ」

辰吉が偉そうに言う。

羊太郎……。

腹をこわして寝込んでいた子ではないか。

屋台の天ぷらなど食べたら、また腹具合が悪くなるではないか。

「今日はやめておきます」

お高の心の声が聞こえたのか、羊太郎は断った。

「おれは紅生姜だな」

八十吉が注文をした。いかげその天ぷらと紅生姜のかき揚げを手にして、さっそくふたりはかぶりついた。

財布から金を出したのは、羊太郎だった。

「ちょっと、あんた。長谷勝の辰吉さんでしょ」

お高は思わず声をかけた。

突然名前を呼ばれて、びくりとしたように辰吉は振り返った。

「なんだ、丸九のおかみさんじゃないのか」

「なんだ、じゃないわよ。横にいるのは羊太郎さんなの？　お腹《なか》こわして、実家に戻ったんじゃなかったの？」

「ああ。医者の薬がきいてよくなったから、長谷勝に戻ったんだ。小腹が空《す》いたって言うんで、屋台に来たんだ。快気祝いだよ。なあ、羊太郎」

辰吉は羊太郎の肩に手をかけた。

羊太郎はおとなしくうなずく。

「ねぇ。外で食べたのは丸九の朝飯だけだって言ったけど、本当は、昨日、どこかで何か食べたんじゃないの？」

お高の声が強くなった。

一瞬、辰吉の目が泳いだ。

「なんだよ。昨日は昨日。今日は今日だよ。あんたとは関係ねぇだろ。文句あんのか？」

辰吉が声を荒らげ、もうひとりの背の高い若者がにらんだ。

「関係あるわよ。大問題よ。おかげで丸九が疑われた。食べ物屋が食あたりを出すっていうのはどういうことか、分かっているの？　店を閉めなきゃならなくなるかもしれないのよ」

辰吉はふんと鼻で笑って横を向いた。

「お宅の番頭さんだって、うちに来ていろいろ聞いていったんだから」

その言葉に、辰吉ともうひとりの若者がはっとした顔になった。

羊太郎が困ったように目を上げた。

やっぱり、なにかあるのだ。

「ねぇ、本当のことを言ってちょうだい。どこの店で、何を食べたの？」

「どこにも行ってねぇよ。昨日は羊太郎はおとなしく店にいて昼も夜もまかないを食べたんだ」

辰吉が高い声を出した。

「じゃあ、聞くけど、お腹の調子が悪くなったのはいつからなの？　あんたは最初、朝飯食べてしばらくしてって言ったけど、二度目には夜になってって言ったわよ。ずいぶん時間に差があるじゃないの。本当はどっちなのよ」

お高は詰め寄った。

「うるせぇ、ばばあ」

辰吉が唾《つば》を吐いた。その唾がお高の着物にかかった。

「何をするのよ。謝りなさい」

伸ばしたお高の手を辰吉が振り払おうとし、お高はその手をつかんだ。

「馬鹿野郎。何しやがんだ」

辰吉が残った手でお高を殴《なぐ》ろうとしたので、お高はその手もつかんだ。

つかみ合いの様子になった。辰吉が振り払おうとする腕にお高は親指を立て、力をこめた。指は辰吉の腕のつぼにはまり、辰吉は痛さで悲鳴をあげた。

「なんだ、なんだ？　母子《おやこ》げんかか？」

「かあちゃん、強いなぁ」

「おお、やれやれ」

たちまち人が集まって来て、はやしたてた。

お高が手を放すと、辰吉は「覚えてろ」と捨て台詞《ぜりふ》を残して逃げていった。いつの間にか、もうひとりの若者と羊太郎の姿は消えていた。

けんかをするつもりなどさらさらなかった。

いったい、どうしてこんなことになったのか。

後味が悪い。

お高が丸九に戻ると、お栄がひとりで針仕事をしていた。

「いえね、前掛けの端がほつれていたから縫っていたんですよ。何かあったんですか、ひどい顔ですよ」

お栄が言った。

「ちょっともめごとがあって」

「どんな？」

お高は長谷勝の辰吉とつかみ合ったことを話した。

「やれやれ」

お栄は大きなため息をついた。

「そういえば、昔、お高さんはがき大将で、男の子がみんな泣かされていたって聞きましたけど、本当だったんですね」

「子供のころの話でしょ」

「けんかの勘は鈍《なま》ってないようですよ」

ふたりいるから明日の仕込みでもしようかと立ち上がったとき、お近が顔をのぞかせた。走ってきたらしく、息をはずませている。

「あ、お高さん。あれ？　お栄さんまで。ちょうどよかった。長谷勝のこと、わかったよ。剛太が友達に聞いてくれたんだ」

「どんなことだい？」

お栄がたずねた。

「店に来た辰吉って男のことだけど、このごろ居酒屋とか、寄席《よせ》とか、あちこちに出入りしているらしい。剛太の友達で、居酒屋でたまたま隣同士になって仲良くなって、酒をおごってもらったってやつがいるんだ。景気いいなぁってうらやましがったら、『ちょいとな』って言ったたって」

「その金の出どころっていうのは、羊太郎さんなの？」

「そうだって。一応は奉公人と同じ扱いって話だけど、何かあるときのためにって親から小遣いを渡されていた」

「それを、辰吉たちが使っているってこと？」

「ううん。借りてるの。それを羊太郎さんはいちいち帳面につけているんだってさ」

なんだか羊太郎のほうが悪いような言い方をした。しかし、部屋住みで金のない辰吉に、金を返すあてがあるのだろうか。

「あるわけないよ。しばらくしたら羊太郎は実家に帰る。そのとき、借金はちゃらにしてもらうんだよ。どうせ羊太郎にしたら、小遣い銭《せん》なんだから」

当然のように、お近が言った。

「そんなの変よ。たとえわずかな金額でも、借りたお金は返すのが当然でしょ？」

お高は信じられないという気持ちでたずねた。

「みそがなければ隣から借りる。金も同じ。それが長屋の付き合い、貧乏人の助け合いってもんなんだ。持っているのに、貸さない。貸したことをいちいち覚えているってほうが、あたしはおかしいと思うよ」

そんな理屈があるのだろうか。長屋の付き合いなら貸したり借りたりするだろうが、羊太郎は貸す一方。損ばかりしている。

「ああ。お近ちゃんの理屈はときどき、分からなくなる」

お高は頭をかかえた。

そのとき、表の戸ががらりと開いた。

「ちょいと、ごめんな」

顔を出したのは政次である。

「ああ、お高ちゃん、いたのか。困るよ。長谷勝の若い衆に怪我《けが》させたんだって？　お寅ばあさんがかんかんだよ」

「怪我なんか、させてないわよ。ちょっと腕をつかんだだけ」

「そっちじゃねぇよ。大事な預かりものの羊太郎様のほうだよ」

八十吉といっしょに逃げた羊太郎は途中で転んで、足首をひねった。やはりまだ体が本調子ではなかったのだろう。相当ひどくひねったらしく、紫色に腫《は》れあがって歩けない。医者に診《み》せたら、骨が折れているから、大事にしないと歩けなくなるかもしれないと脅《おど》かされた。

八十吉は事の次第をこわごわ番頭に報告し、番頭は大番頭に、大番頭からお寅に伝わった。

お寅は激高《げっこう》した。どういうことか説明しろと迫った。

辰吉、八十吉の説明はこうだ。

三人で日枝神社にお参りをしていたら、突然、丸九のおかみが現れて文句を言った。その剣幕がすごいので辰吉が応対し、その間にふたりはその場を去った。羊太郎は足元がふらついて転び、辰吉のほうは丸九のおかみに腕をつかまれ、その腕が今もしびれている。

「なんで、日枝神社に行ったんだ。あいつらを待ち伏せしていたのか？」

政次はお高と向かい合うように床几《しょうぎ》に腰をおろすと、顔をのぞきこんだ。

「そんなこと、するわけないじゃないの。能登屋さんに行った帰りに寄っただけ。屋台の天ぷら屋の前に見たような姿があると思ったら辰吉だったの。うちの豆腐が悪いとか言っているけど、ほんとうは買い食いをして腹をこわしたんじゃないのかなと思ったから、聞いてみたのよ」

「どんな聞き方をしたんだよ」

政次は苦笑いになった。

「もちろん最初はおとなしく、下手に出たわよ。そしたら、向こうが唾を吐いてそれが私の着物にかかって……、気がついたらつかみ合いになっていたの」

「男相手につかみ合いするか、ふつう」

しかも、悲鳴をあげさせるほど強く。

「重たい鍋《なべ》を持っているから指に力があるのよ」

お高はふてくされた。

「まぁ、辰吉はいいんだ。問題は羊太郎だよ。今度こそ、お寅ばあさんのところに行ってくれるよな。俺もいっしょに行くからさ。頼む、この通りだ」

政次は頭を下げた。

長谷勝は日本橋通町《とおりちょう》に店を構える大店《おおだな》だ。白壁の蔵造りで、藍色ののれんを掲げている。毎日お客は引きも切らず、取引先には大名、旗本《はたもと》もあるという。裏に回って勝手口から声をかけると、女中はすぐお寅に伝えた。女中の案内で住まいの方に案内された。

中庭の見える座敷に行くと、お寅が座っていた。やせた体が座布団《ざぶとん》の上にちんまりとのっている。髪は真っ白で、背中も少し曲がっている。小さな顔にはしわが多い。だが、口元はきりりとして、意志の強そうな瞳が鋭く光っていた。

「このたびは、お騒がせしております」

お高は頭を下げた。

「いやあ、本当に申し訳ない。これはお口汚しですが」

なぜか政次が卑屈なほど頭を低く下げて、手土産《てみやげ》の酒を手渡した。そういうところが、すでにお高は気に入らない。これでは、丸九が悪いと認めているようなものではないか。

「まぁ、だいたいのことは政次さんから聞いていると思うけど、うちの手代《てだい》が転んで足首の骨を折った。医者には三月《みつき》は動かさないでくれと言われた。妙なふうに骨がくっつくと、歩けなくなることもあるそうだ」

「それは大変なことに……。さぞやご心配でしょうね」

お高は言葉を選んで告げた。

「八十吉は、お高さんにすごい剣幕で文句を言われて逃げだした。それで転んだと言っている」

「たまたま日枝神社でお見かけして、ふつうに話をしたつもりですけれど」

勝手に逃げて転んだのだから、こちらのせいにされても困る。

「辰吉はあんたに腕をつかまれて、上がらなくなったと言っている」

「そちらが先に唾を吐きかけてきたんですよ。怒るのは当たり前でしょう」

お高はつっぱねた。

「なるほどねぇ。そもそも、この話は丸九さんで朝飯を食べて、それで腹をこわしたことが発端なんだよ。こんな季節なんだ、腹をこわすこともあるだろう。それでなくても、羊太郎は大事に育てられた子供だから、ひ弱なんだ。ちょっとしたことで体調をくずすんだよ」

「ですからね、そういうお客様の都合で腹が痛い、熱が出たってことを、めし屋のせいにされたらたまりません。それじゃあ、商売ができなくなります」

つい、お高の声が高くなる。

お寅は一瞬黙った。お高に向かって、こんなにはっきりとものを言う者はいないに違いない。もちろん、お寅も負けてはいない。

「じゃあ、自分のところはまったく悪くない。悪いのはうちだって言うのかい？　それはないだろう。強情な女だねえ」

「強情というのは言い過ぎじゃあ、ございませんか？」

お寅とお高はにらみ合った。そばで政次がはらはらしているのが分かる。

「まぁまぁ、ふたりとも。そんな言い方をしたら、まとまる話もまとまらない。ここは手打ちのつもりで来たんだから」

「あんたはいつも、そんなふうに中途半端に話をまとめようとするから、結局何も解決しないのよ」

お高の剣幕に政次はしゅんとなった。

「失礼ですが、うちの豆腐にあたったっておっしゃいますけど、日枝神社でお見かけしたとき、三人は屋台の天ぷら屋の前にいたんですよ。辰吉さんと八十吉さんはいかと紅生姜を食べていた。羊太郎さんは食べなかったけれど。お腹が痛くなったのは、夜でしょう？　どこかで買い食いをして、それが悪かったんじゃないんですか？」

「馬鹿言うんじゃないよ」

お寅は一喝《いっかつ》した。しわの多い顔の中で燃えるような目をしている。

さすがにお高も腰がひけた。

まさしく鶴《つる》のひと声。長谷勝のお寅である。

「だったら、最初からそう言うよ。買い食いはいけないなんて、ひと言も言ってないんだから。あんたねえ、そんなふうに私は正しい、間違っているのはあんただって突っ張らかっていたら、世の中は通らないよ。百のうち九十九はこちらが正しいと思っても、残りの一分《ぶ》に非があると認めて頭を下げるから円満におさまるんだ。もし、本当におたくの豆腐に問題があったらどうするおつもりかい？　お客が来なくなれば、店を閉めるしかないんだよ」

ぐいとにらみつけた。

「いや、まったくその通りです。ほんとうにお高は気ばかり強くてね。昔っからなんだけど。よく言って聞かせますから。今日のところは、この通りです」

政次が謝った。渋々、お高も頭を下げた。

完全に貫禄《かんろく》負けである。

長谷勝を出て、人が行き過ぎる表通りを丸九に向かって歩く。空は厚い梅雨時《つゆどき》の雲におおわれている。

お高は大きくため息をついた。

怒りが去ると、口の中に苦い味が残った。

「私、やっぱり言い過ぎた？」

お高は政次にたずねた。

「そう思うなら、あんなこと言うなよ」

「うん」

「昔から言うだろ、豆腐と浮世《うきよ》はやわらかでなければゆかずってさ。なんたって向こうは年上なんだ。折れるところは折れてさ、もう少し、上手に世の中を渡らないとさ」

「そうだね」

ぽつりぽつりと雨が降りだした。あたりはいっそう暗くなった。

「お前を見てるとさ、ときどき辛《つら》くなる。痛々しいんだよ」

「無理していると思っているの？」

「うん。まぁ、それもあるな。この二、三日は背中にとげが生えているみたいだ」

お寅もお高のことを弱みを見せまいと肩ひじ張って突っ張らかっていて、かわいげがないと言っていた。

「仕方ないでしょ。ずっと頑張ってきたんだもの」

女は板前にはなれない、厨房に入れることはできないと言った九蔵に認められたいと必死で包丁を握った。九蔵が亡くなった後は、ろくに板前修業もしていないお高に何ができるか、九蔵あっての丸九だという世間の声に負けまいとさらに気張った。頑張った。我を張って、意地を張ってきた。

つばめが低く飛びかかっている。

「そんなんで、淋しくねぇか？」

政次は低い声でたずねた。

「そりゃあ、店も大事だろう。張り合いもあると思うよ。だけどさ、別の生き方もあるんじゃねぇのか。お高ちゃん、もう二十九だろ。ほんとにそれでいいのか？」

磯屋の主人の後添《のちぞ》いの話を断ったとき、みんなに言われた言葉だ。

「子供ってかわいいぜ」

「そうでしょうね」

「隣に人がいるっていうのは、安心なものじゃねぇのかなぁ」

お高の胸に作太郎の茶碗《ちゃわん》が浮かんだ。白土の茶碗はお高にうれしさと淋しさを同時に運んできた。

「そんなこと、急に言われたってさ」

お高はうつむいた。

「そうだなぁ。こればっかりは相手があるからなぁ。簡単にはいかないか」

政次がやさしい声で言った。

三

丸九に戻って片づけものをしていると、戸をたたく者がいた。

細く戸を開けると、惣衛門がいた。

「いや、今日は五と十がつく日じゃなかったですね。てっきり、夜も店を開ける日かと思って来てしまいましたよ」

惣衛門は申し訳なさそうな顔をした。

お高はほほえんだ。かまぼこ屋の隠居の惣衛門はお寅と親しい間柄《あいだがら》だと聞いたことがある。お寅との一件を耳にして来てくれたに違いない。

「せっかくだから、どうぞお入りください。お茶ぐらいしかありませんけど」

「いいですか？　すみませんねぇ。せっかくお休みのところ」

惣衛門は床几《しょうぎ》に腰をおろした。お高は来客用の煎茶《せんちゃ》をいれた。

「ああ、おいしいお茶ですねぇ。お高ちゃんはお茶をいれるのが上手だ」

惣衛門は目を細めた。

「お寅さんもね、お茶をいれるのが上手なんですよ。ああ見えて」

「お付き合いがあるんですか？」

「母親同士が仲が良くてね、小さな子供のころからよく知っているんですよ。年は私のほうがひとつ上。ちっちゃくてね、まん丸い顔をして、すぐ泣いた。みんなは女傑だ、男まさりだって言いますけど、あたしはかわいいお寅ちゃんのこと、知っていますから憎めない」

お高は政次の顔を思い浮かべた。

惣衛門とお寅もけんかしたり、遊んだり、言いたいことが言える間柄だったのだろうか。

「十五か、十六のときですよ。両国の花火を見に友達と四人で出かけたんですよ。お寅ちゃんは新しい下駄《げた》を履いてきた。帰りになったら鼻緒《はなお》がすれて痛いって泣きべそをかくんだ。見たら、皮が破れて血がにじんでる。仕方ないから、あたしがおぶって帰りましたよ。友達には冷やかされるし、人はじろじろ見るし、恥ずかしくて仕方がない。そういう年ごろですからね。なんで新しい下駄なんか履いてくるんだって内心腹を立てた。花火なんか暗いんだから、足元なんか誰も見やしませんよ」

お高はにっこりと笑った。

惣衛門は鼻筋の通った整った顔立ちだ。還暦を過ぎた今でも男前なのだから、若いころはさぞやいい男だったに違いない。

お寅はそんな惣衛門に新しい下駄を履いている自分を見せたかったのだ。

「あたしは次男坊でしょ。母親たちの気持ちの中には、ゆくゆくはふたりを添わせてっていうのもあったらしいけれど、兄が早くに亡くなってあたしは店を継ぐことになった。そんな話はいつの間にか消えてしまった」

年ごろになったお寅は婿養子《むこようし》を取った。

「ご亭主によく仕《つか》えていたんですよ。あの人は少々気が強いけれど気性のまっすぐな人なんです。思ったことをぽんぽん言うけれど、お腹《なか》の中にはなんにもない。本当に正直な人なんです」

三人の娘にも恵まれ、幸せだった二十五の春、突然亭主が病気で死んだ。

「それで、それまで帳場に座ることもなかったのに、お寅ちゃんが店を守らなきゃならなくなった。お寅ちゃんのお母さんもご亭主とは早くに死に別れた。そのときは先代もまだ元気で、古くからいる番頭さんが何人もいたんですよ。だから、お寅ちゃんのお母さんは奥様でいられた。だけど、お寅ちゃんがご亭主に死なれたときは、頼りになる男の人は年を取った大番頭さんがひとりだけ。とにかく自分がしっかりしなくちゃって、心に誓ったんだ」

お寅は文字通り奮《ふる》い立ったのである。

「女であることは忘れるって言いましたよ。私の仕事は娘を育てること、長谷勝を守ること、それだけだ。ほかにはない。だから、縁談は持ってこないでくれって親戚《しんせき》にもきっぱり言い渡した」

それはお寅らしい潔《いさぎよ》さだった。

「まだ二十五ですよ。自分が先頭に立って店を仕切る。お客のところにも行くし、蔵にも入った。俵物《たわらもの》は荒っぽい商売なんですよ。俵を運ぶ男たちは体が大きくてね、夏なんか下帯ひとつで働いている。そういう中に入って指図するんですよ。最初は怖くて、足が震えたって言ってました。男たちにしたら、女に指図されるってのが、まず気に入らない。しかも若い後家《ごけ》さんでしょう？　言うことなんか、簡単に聞きゃしませんよ。中にはわざと体を寄せてくる男もいる。いやらしい言葉を耳元でささやくなんてのも、しょっちゅうだった。馬鹿にされている、主人だと思われていないって悔しがって夜、布団の中で何度も泣いたんです」

けれど、そこで負けないのが、お寅なのだ。

「誰にも負けないくらいに商売のことを勉強した。とくに勘定《かんじょう》ですよ。鮑《あわび》だ、なまこだって、扱っている商材の値段を覚えることからはじめて、仕入れ先のこと、お客のこと、みんな頭に入れた。帳面をつくってね、それに書いて覚えるんです。覚えたら、また新しい帳面をつくる。あの人の部屋に行くとね、そのころの帳面が柳行李《やなぎごうり》に五つぐらいある」

お寅もまた我を張って、意地を張って頑張ってきたのだ。

「そうですよ。言うのは簡単だけど、実際にやるのは大変ですよ。あたしなんかそのころはまだ親がいて、古い番頭もいて、のんきに気楽にやっていましたからね。全然違う。頭が下がります」

「そんな時代があったんですね」

お高はやせた体をしゃんとのばしたお寅を思い出しながら言った。

「そうやって、今の長谷勝があり、お寅さんがいる。でもね、あたしにとってのお寅ちゃんは今でも、小さくて泣き虫のかわいいお寅ちゃんなんですよ」

惣衛門はふふと笑った。

「似てますよ、お高ちゃんとお寅ちゃん。仲良くなれるんじゃないんですか?」

「そうでしょうか」

お高も笑顔になった。少しお寅のことが好きになっている。

「たぶんね、そろそろ長谷勝から迎えが来るんじゃないですか? いろいろ分かったらしいから」

なぞのようなことを言った。

惣衛門が去ってしばらくすると、戸をたたく者がいた。

「長谷勝の者です。申し訳ありませんが、店までご足労いただけませんでしょうか」

前掛けをつけた小僧が生真面目《きまじめ》な様子で口上を述べた。

長谷勝に行くと、今朝がた来た大番頭が挨拶に出て来た。

「何度も手間を取らせて申し訳ありません。主人が奥で待っております」

ていねいに頭を下げた。

座敷に行くと、座布団にちんまりとお寅が座っていた。

「さっきはいろいろ言って悪かったね。羊太郎が歩けなくなるなんて医者に脅かされて、あたしも少し心が乱れていたんだ」

しわの多い顔の瞳がやわらかな光を放っていた。

「こちらこそ、言い過ぎました。すみません」

お高も素直に頭を下げた。

「あんたが買い食いをしたんじゃないのかって言った言葉が気になって、もう一度よく、羊太郎に確かめたんだ。本当は、あたしたちに言えないようなところに行ってたんじゃないのかいって。そしたら、案の定さ」

お寅は口を開けて笑った。丈夫そうな歯が見えた。

「辰吉と八十吉のふたりに連れられて、川沿いのいかがわしい店に行ったんだよ」

つまり、女のいる店である。

「ふたりは女と二階に上がった。羊太郎は自分はいいですからって断って、下でお茶を飲んで待っていた。どうも、そのとき食べた煮物が悪かったらしい。煮物は辰吉と八十吉も食べたんだよ。だけど、あのふたりは雑草育ちだからね」

乳母日傘《おんばひがさ》で育った羊太郎だけが腹痛をおこした。

「だけど、いかがわしい店に行ったことがばれたら困るから、朝飯に食べた豆腐であたったことにしたんだ。丸九がどんな店か知っていたら、辰吉ももう少し考えたと思うけどね」

ちらりとお高の顔を見た。

「羊太郎はおとなしいいい子なんだ。あの子の親が、あんまり世間を知らないから心配だって言うから、うちで預かったけどね。先輩ふたりが二階に上がった後、どんな顔してひとりでお茶を飲んでいたんだろうねぇ。考えるとおかしいやら、気の毒やら」

「羊太郎さんは長谷勝に来て、どのくらいになるんですか？」

「ちょうど三月《みつき》だ。奉公人たちと同じ部屋に寝起きして、朝から晩までみんなといっしょに働いたんだよ」

そのうえ、悪い先輩に小遣いを巻き上げられ、いかがわしい店にも連れていかれた。

「頑張りましたねぇ」

お高は思わずつぶやいた。

「そうだよ。あの子なりに頑張った。もう十分だ。それに、あんたにも迷惑をかけてしまったし、申し訳ないことをした。これ、この通り。ばあさんのしわだらけの顔に免じて許しておくれ」

深々と頭を下げた。

「やめてください。いいんですよ」

お高は言った。

そのとき、襖《ふすま》が開いて女中がお茶と羊羹《ようかん》を持ってきた。

「まぁ、おあがりよ。この羊羹は、値段はそこそこだけど割合おいしいんだよ」

「いただきます」

お高は手をのばした。本煉《ほんね》りのねっとりとした羊羹で、それが香りのいい新茶とよく合っていた。

「かまぼこ屋の惣衛門さんとは幼なじみだそうですね。お茶をいれるのが上手だっておっしゃっていました」

「母親同士が仲良しでね、昔からよく知っているんだ。今でも、ときどき顔を見せてくれるんだよ。大丈夫か、ひとりで泣いてないか、なんて言ってさ。涙なんかとうの昔に乾いてしまっているのにさ」

お寅は羊羹を口に運んで言った。

「惣衛門さんが言っていました。あたしにとってのお寅ちゃんは今でも、小さくて泣き虫のかわいいお寅ちゃんなんですよって」

お寅は胸をつかれたように、ふっと手を止めた。黙って中空を見つめている。

やがて、笑顔になった。

「こんな年寄りになっても、ちゃんと昔のことを覚えていて、かわいかったなんて言ってくれる男がいるっていうのは、ありがたいことだねぇ。宝物みたいなもんだよ。大事にしなくちゃね」

しわの多い顔の中の瞳がやわらかい光を放っている。丸顔で泣き虫だったかつてのお寅の面影《おもかげ》が見えたような気がした。

お高は帰りがけ、能登屋に回って事の次第を話した。

「そんなことじゃねぇかと思っていたんですよ。長谷勝の手代《てだい》のやつ、どうでも、丸九さんのせいにしたかったんですね。人騒がせなやつだ」

亭主は笑った。そしてちょいと奥の方に目をやると、声を低くした。

「うちのやつがね、昨日、しみじみと言ったんですよ。お高さんがうらやましいって。あの人は働けば働いただけ、自分のものになる。あたしは、朝から晩まできりきり働いても、みんなあんたのお金だ。自分の裁量で使える金なんか、ひとつもないって」

「あら、財布のひもを握っているのは、おかみさんじゃないんですか？」

お高は冗談めかして言った。

「日々の払いはそうなんだけどね。じつは、あいつの実家で法事をすることになったんですよ。で、兄弟姉妹で少しずつ金を集めることになった。あいつは長女で早くに家を出ている。それに、おかげさんで日本橋の能登屋といえば、少しは名が通っている。ほかの兄弟よりもいくらかいい暮らしをしているんですよ。だから、あいつの気持ちとしては、割り当てより少し多く出したかった」

けれど、亭主は首を縦にふらなかった。

「ちょうど、払いがいろいろ重なっているときでね、決まった割り当てがあるんだからそれでいいじゃねぇか。何も、兄弟姉妹に見栄《みえ》を張ることもねぇだろうって言っちまったんですよ」

頭をかいた。

「自分の親のことならそんなことは言わないけど、女房の実家だからね。別に軽く見たわけじゃないんだけどさ」

「そんなことがあったんですか」

お高は言った。所帯を持ったら持ったで、いろいろ面倒なこともある。相手に思うこともあるのだ。

翌朝、梅雨《つゆ》の晴れ間の青空が見えた。

丸九がのれんを上げると、いつものように客が次々と店に入って来た。

「今日の献立《こんだて》は、かますの一夜干しにあんかけ豆腐、香《こう》の物、しじみと油揚げのみそ汁、それに甘味《かんみ》は水無月《みなづき》です」

お近が献立を伝える。

蒸し暑いけれども、手足が冷える。季節はずれの風邪《かぜ》をひく者も多い。冷ややっこよりも、温かいあんかけ豆腐がいいだろうと献立に加えた。

絹ごし豆腐を熱い鍋《なべ》に入れ、ふるふると揺れるぐらいに温める。器《うつわ》に入れて、上からかつおだしをきかせ、醤油《しょうゆ》とみりんで味を調《ととの》え、片栗粉でとろみをつけたあんをたっぷりとかける。おろし生姜《しょうが》をのせて出来上がり。

食べると体が温まって汗が出てくる。

甘味の水無月はういろうの上にあずきの蜜煮《みつに》をのせて蒸し、三角に切ったものだ。夏越《なご》しの祓《はらえ》のときに食べると、半年の穢《けが》れを祓うといういわれがある。

やって来た徳兵衛、惣衛門はあんかけ豆腐に目を細め、甘い物好きのお蔦は水無月に笑顔になった。

「お高ちゃん、一件落着だったんですね」

惣衛門がたずねる。

「おかげさまで。お寅さんともいいお話ができました」

「それはよかったねぇ。豆腐だけに、もめん（木綿）てはいけないからね」

徳兵衛が駄洒落《だじゃれ》を言う。
お高の心にも気持ちのいい風が吹いている。

第四話　梅はその日の難のがれ

一

あじさいが濃い紫の花をつけた。

しとしとと雨が降る日が続いている。

丸九では毎年、梅干を漬ける。大きな樽《たる》に三個分だからかなりの分量である。その日、八百屋が黄色く熟した梅を持ってきた。

「いい梅だろ。樹《き》で熟したんだ。種は小さくて皮はやわらかい。梅干には最高だよ」

八百屋は太鼓判を押した。

梅の実は甘い香りをたてている。触れると思いがけなく実はしっかりとして固く、たっぷりと水気を含んでいる。重石《おもし》をのせて漬けたら、梅酢がたくさんあがってくるだろう。

午後は、梅仕事だ。

お高はなんだか、うきうきしてきた。

竹串《たけぐし》でへたを取り、さっと洗ってざるにあげる。水気をふいて塩をまぶし、壺《つぼ》に入れて重石をおく。梅酢があがったら、赤じそを加えて、梅雨《つゆ》が明けたら天日で干す。

梅干はもちろん、赤じそもご飯のおかずになるし、梅酢はさっと漬けに使うから、欠かせない仕事だ。

それ以上に、甘酸っぱい梅の香りに包まれたひとときが楽しいのだ。

お高の隣で、お栄とお近も仕事にかかっている。

「ちょっとお近、そんな乱暴にしたらだめだよ。梅の皮を破っているじゃないか」

お栄がお近の手元を見て、注意した。

「あ、ごめん。今、別のことを考えていた」

お近の手つきは危なっかしい。

「急がなくていいんだからね。ゆっくりでいいから、ていねいに」

お高も言葉を添える。

不器用だと思っていたお近だが、このごろ、なんとか包丁も使えるようになった。手が空《す》くと、自分から桂《かつら》むきの練習をしている。最初怖がっていた包丁を持てるようになったのは、仲良しの剛太の言葉があったからだ。

けれど、最近、剛太の名前を聞かない。

「そういえば、剛太さん、どうしているの？」

お高はたずねた。

「いいんだよ。あんなやつ」

お近は口をとがらせた。

「あら」

お高とお栄は顔を見合わせた。

「だってさ、剛太には女がいたんだ」

少年の匂《にお》いを残した剛太に「女」がいるとは、とても考えられない。

「その女っていうのは、誰なんだよ」

お栄がたずねる。

「おかねっていう子でさ。家が近所で、すごい仲良しなんだ」

「それはただの幼なじみでしょ。女なんて言うからびっくりしちゃった」

お高は笑った。

「笑いごとじゃないよ。剛太のやつったらさ、おかねはかわいいって言ったんだ」

「別にいいじゃないの。それぐらい」

お近の言葉にお近は頰《ほお》をふくらませた。

「嫌だ。絶対、嫌。かわいいって言ったのも気に入らないけど、おかねって親しそうに呼んでいるのも嫌」

お近はそこにおかねがいるかのように、手に持った梅をにらんだ。

「あんたは何て呼ばれているんだよ」

お栄がたずねた。

「お近ちゃん」

「そっちのほうが上等だよ」

お栄は言う。その言葉にお近は目を三角にした。

「あのね。剛太にあたしよりも親しい子がいるのは嫌なの」

「そんなことを言っても、仕方がないでしょ。幼なじみは誰にでもいるんだから」

「あたしはね、剛太さんの全部を知りたい。以前も今もこれからも、剛太さんの一番でいたいんだ」

お高はため息をついた。お近は見かけによらずやきもち焼きだ。

「それで、そのおかねって子はどんな子なんだい？　あんたより、いくぶんましな子か？」

お栄は傷口に塩を塗るようなことを平気で口にする。

「知らないよ。話に聞いただけ。よく剛太の話に出てくるんだ」

思わずお高は噴き出した。

「それじゃあ、けんかにもならないじゃないの。剛太さんは、お近ちゃんの気に入るような話をしようと思っただけじゃないの？」

「いいねぇ。若いってさ、そんなことを言ってやきもちを焼いているうちが花だよ」

お栄は大きくのびをした。

二日ほど過ぎた。お近は朝から、にこにこしていた。

「ほおずき市《いち》に行くんだ」

店を閉めて遅い昼を食べているときに言った。

どうやら、剛太とは仲直りしたらしい。

浅草のほおずき市は四万六千日《しまんろくせんにち》の縁日だ。その日に参拝すると、四万六千日分の功徳《くどく》があると言われて、毎年大変なにぎわいになる。

ほおずきの市が立つようになったのは明和のころからで、ほおずきの実を水で飲みこむと大人は癪《しやく》を切り、子供は虫気《むしけ》を去るといわれている。緑の葉に鮮やかな朱色の実が映えて美しい。盆の飾りにする人も多い。

「何を着ていこうかな？　やっぱり浴衣《ゆかた》だよね」

お近は目を輝かせる。

「自分で仕立てるのかい？」

お栄がたずねた。お近の母親は仕立物で暮らしを立てていると聞いたことがある。

「お裁縫はぜんぜんだめ。まっすぐ縫えないんだ」

「練習すればいいだろ」

「今から縫ったら、来年までかかっちゃうよ」

「おやおや」

お栄は肩をすくめた。

包丁の練習をして桂むきがだいぶ上手になった。縫物まではまだ手が回らないらしい。

そのとき、表でおとなう声がした。

お高が手をふきながら出ると飛脚《ひきゃく》が文《ふみ》を届けに来ていた。

「丸九のお高さんあてです」

送り主の名前が目にはいった。

作太郎。

はっと息をのんだ。

「ありがとうございます」

声が高くなっていた。

背中に視線を感じて振り返ると、お栄とお近がこちらを見ていた。

わかってますよというように、お近がにやりと笑う。

「梅のへたはふたりで取っていますから、ゆっくり二階でお読みくださいませ」

お栄がすまして言う。まったく、ふたりとも憎らしい。

お高は階段をあがるのももどかしく、部屋に入ると文を開いた。

濃い墨でくっきりと書かれた文字は男っぽく、しかし流れるように繊細《せんさい》な感じもした。

『ご無沙汰《ぶさた》しております。双鷗画塾《そうおうがじゆく》に所用あり、しばらく江戸に戻ることにしました。お店にも寄らせていただきます。茶碗《ちゃわん》を気に入っていただけたようで、うれしく思っております。朝ご飯を楽しみにしております』

日にちを確かめると、五日ほど後で江戸に到着するようだ。

胸が苦しくなった。


その日は五のつく日で、夜も店を開けた。

いつものように惣衛門、徳兵衛、お蔦がやって来て、奥に座った。その日の料理はいかげその七味焼きと三つ葉とかまぼこのわさび和《あ》え、小梅漬け、しめはのり茶漬け、甘味《かんみ》にすくい羊羹《ようかん》である。

「お高ちゃん、なんだか、今日はやけにきれいですよ。どうしたんですか?」

惣衛門が言った。

「肌の色つやがいつもと違う」

お蔦はすまして茶碗を持つ手をした。

徳兵衛も続ける。

もう、この三人に伝わっているのか。いったい誰が告げたのだ。厨房《ちゅうぼう》を振り返ると、お栄とお近がそっぽを向いた。

「で、そのなにはさ、いつ来るんだよ」

徳兵衛がうれしそうにたずねた。

「文には五日ほど後って書いてありました」

お高は渋々教える。

「そうかい、そうかい」

むふふと笑う。

たちまちお高は後悔した。黙っていればよかった。

「その人はさ、どこの生まれなんだい？」

お蔦がなにげない調子でたずねた。

「知りません」

お高は答えた。

「なんで？　どうして聞かないんだよ」

徳兵衛がたずねた。

「だって……」

大黒《だいこく》様を取り戻すことを手伝ってもらった、ただそれだけの縁だ。

「じゃあ、家族がいるかどうかも知らないの？」

惣衛門が驚いてたずねた。

「はい」

「なんだよ。じゃあ、女房持ちかもしれねぇじゃねぇか」

徳兵衛が言いにくいことをはっきりと言う。

「だめですよ。そういう大事なことは最初に確かめておかないと。こっちの心がまえが全然違うじゃないですか」

惣衛門が心配そうな顔になる。

心に思う人はいるのか。どうして茶碗を送ってくれたのか。

聞きたいことはたくさんある。

「今度会ったら、すぐに聞いて確かめるんですよ」

惣衛門の言葉にお高は困って顔を伏せた。

「大事な人の大事なことだから、聞けないんだよね。どうでもいい相手なら、気楽に聞けるのにさ」

お蔦がなぐさめるように言った。

「お、ひとつ浮かんだ」

徳兵衛が得意そうな顔で赤い梅干をつまんだ。

「梅干とかけて、大事なことを聞くとききます」

「はいはい。その心は？」

惣衛門も続ける。

「どちらも、すっぱい（すっぱり）が大事です」

お高は渋い顔になった。

二

晴れ間が出ていたと思っていたら、いつの間にか黒い雲が空をおおっていた。ざーっと大粒の雨が降ってきた。屋根をたたく音がうるさいほどだ。遠くで雷が鳴ってお近は悲鳴をあげた。

昼も遅い時間で、店には惣衛門、徳兵衛、お蔦の三人、ほかに二、三人の客がいるばかりだった。

「おやおや、盛大に降ってきましたね。雷さんもきましたか。これでいよいよ梅雨《つゆ》が明けますね」

惣衛門が言った。

「じき、雨はやむだろう。お高ちゃん、しばらくここで雨宿りさせてもらうよ」

徳兵衛はゆったりと座りなおした。

お高は新しくいれたほうじ茶といっしょに、甘味《かんみ》を持って行った。

「びわを甘く煮てみたんですけどね」

「おいしそうだね。冷やしてあるのかい？」

甘い物好きのお蔦はさっそく手をのばす。

「井戸水に器《うつわ》ごと浮かべてみました」

「ああ、さっぱりしておいしいよ」

裏の樹《き》になったからと、びわをたくさんもらった。大粒だが、甘味《あまみ》がたりない。皮をむいて砂糖で煮てみたのだ。

「そうかい。じゃ、あたしもいただくとするか」

惣衛門と徳兵衛も口に運ぶ。

ほかのお客も、まだ甘味を味わっている。

そのとき、がたがたという音とともに店に入って来た男がいた。

「いや、申し訳ありません。この近くまで来たら急に雨に降られてしまいました。のれんが出ていたのですが、まだ、ご飯をいただけますか。朝から何も食べていなくて。ぬれねずみですから、端の方で腰をおろせたらそれで十分です」

早口で言う、その声に聞き覚えがある。

お高ははっとして男を見た。

作太郎だった。

「まぁ」

お客なら、いらっしゃいませと言う。本当はお帰りなさいと言いたいけれど、それでは少しなれなれしい。

迷っていたら、お栄が大きな声で言った。

「作太郎さんですね。お待ちしていました。ご飯なら、すぐ用意できますよ」

「ああ、ありがたい」

作太郎は顔をくしゃくしゃにした。

ふところから手ぬぐいを出して、髪や着物をぬぐっている。

「こちらもお使いください」

お高は乾いた手ぬぐいを差し出した。

作太郎は入り口近くの床几《しょうぎ》に腰をかけた。膳《ぜん》を運んだお高はたずねた。

「江戸にはいつ、お戻りですか？」

「昨日です。双鷗《そうおう》先生に呼ばれて。それから、ついさっきまでずっと手伝わされていましたよ。本当に人使いが荒いんですよ」

その日の膳はいわしの蒲焼《かばや》きに、切り干し大根の煮物、漬物がわりに白うりと青じその梅和《うめあ》えで汁はわかめとお揚げ、甘味はびわの蜜煮《みつに》だ。

「ああ、うまいなぁ」

みそ汁をひと口飲んで、目を細めた。作太郎は目を細めるとしわがよる。それは年をとってできるしわではなくて、笑うと自然にできるきれいなしわだ。

屋根をたたく雨の音はいっそう高くなり、店の中も水の匂《にお》いが満ちた。

お栄とお近は厨房《ちゅうぼう》にこもっているらしい。惣衛門も徳兵衛もお蔦もほかのお客も黙ってしまった。

作太郎は食事に集中している。

お高は厨房に入った。

お栄がちらりと見る。

――せっかくなんだから、もっとおしゃべりしたらいいじゃないですか。

そんな顔をしている。

お近は知らんぷりだ。

いつの間にか雨はやみ、作太郎は帰っていった。お高は茶碗《ちゃわん》の礼を言うのを忘れたことにやっと気づいた。

翌日は晴天になった。

作太郎は朝飯を食べにやって来た。画塾の仲間らしい男といっしょだった。

「お茶碗、ありがとうございます。毎日、ご飯がおいしくいただけます」

お高はやっと礼を言うことができた。

「それはよかった。大事に飾っておくという人がいたのですが、使っていただくのが一番です。そのほうが茶碗も喜びます」

大事に飾っている人がいる……。

茶碗を送ったのは自分だけではなかった。

いや、考えてみれば当たり前だ。

しかし、送ったという相手はどんな人だろう。

女の人か？　親しい人か。

そもそも作太郎は独り者なのだろうか。

聞きたいことが頭の中をぐるぐると回っている。

「まだ、しばらくこちらにいらっしゃるのですか？」

お高は気を落ち着けてたずねた。

「そのつもりです。先生のところに唐土《とうど》の古い陶器の破片がたくさんあって、それを整理するよう頼まれました」

「値打ちものも、ずいぶんあるらしいじゃないか」

連れの男が言った。

「まあ、中にはね。しかし、ほとんどは使いようがない。砂の中の金を探すようなものだ」

作太郎は愉快そうにしゃべる。その陶器は貴重なもので、それを調べるといろいろなことが分かるらしいのだが、お高には専門的すぎてよく分からない。

いや、それよりも、さっきのひと言が気になってほかのことが考えられないのだ。

大事に飾っておくという人とはどんな人か。

「そうだ。今度、浅草のほおずき市がありますでしょう。いっしょに行きませんか？」

作太郎が言った。お高は思いがけない言葉に聞き返した。

「いや、もへじという男がいましてね、江戸は初めてだから、ほおずき市に行きたいと言うんですよ。私も行ったことがないし、浅草の方は不案内だ。男ふたりで行くのも知恵がないから、いっしょに来ていただけないかなと、今、思いつきました」

作太郎は屈託《くったく》のない様子で言った。

「ええ。もちろん。ご案内しますよ」

お高は笑顔で応《こた》えた。

その日は夜にも店を開けた。話はすぐに惣衛門、徳兵衛、お蔦の三人に伝わった。お栄がしゃべったのである。

「聞きましたよ。楽しみですね」

惣衛門が言った。

「連れっていうのは、誰なんだい？」

お蔦がたずねた。

「もへじさんという人だそうです。私は会ったことがないんですけど」

「ふうむ」

徳兵衛が大きくうなずく。

「その連れの男の顔かたちがね、ぐんと落ちるようだったら、脈がありますよ。だけど、同じくらいの男だったら、まぁ、残念かもしれないね。俺の経験から言うんだけどね」

人に言うほどの経験があるとは思えないが、徳兵衛がわけ知り顔に言った。

「そうですね。連れが女だったら論外。もう相手にしないほうがいいですよ」

惣衛門も続けた。

「そんなものでしょうか」

「もちろん、もちろん」

惣衛門と徳兵衛は声をそろえた。

厨房に戻ると、お近が頰《ほお》をふくらませていた。

「どうしたの?」

「剛太のやつ、ほおずき市におかねを連れてくるんだよ。論外の論外だ。ひどいよね。最低だよ。あたしのことを何だと思っているんだよ」

もともとふたりで行く約束をしていたわけではない。剛太は男友達を連れてくると言っていた。それが、いつの間にか、おかねに代わっていた。

「おかねは浅草に親戚《しんせき》がいて、おっかさんといっしょに来るんだって。それで、剛太がほおずき市に行くのを聞いて、ついて来ることになったんだってさ」

お近は口をとがらせた。

「剛太も剛太だよ。ふつう、そういうときは断るよね」

「そうねぇ」

お高は困って言葉をにごした。

「べつにいいじゃないか。その子が来たって」

お栄がお近の気持ちに気づかぬふうに言う。

「よぉし、負けないから」

お近は握りこぶしをつくった。

次の朝、お近は白地に青竹のような緑の太い縦縞《たてじま》の入った派手な着物を着て来た。

「どうしたの？　その着物」

お高は驚いてたずねた。

「昨日、帰りに古着屋で買ったの。いいでしょ」

お近は踊りでもするように科《しな》をつくった。

「柄《がら》が目立ちすぎて、着物が歩いているみたいよ」

お高は思わず意見を言った。

「あんたが着ると、半ぐれみたいだよ」

お栄がずばりと斬《き》って捨てる。

「そんなことないよ。あたしの知り合いのかわいい子はみんなこういう粋《いき》な着物を着ている」

お近は自信たっぷりだ。

「後ろ姿を鏡で見たのかい？　お尻《しり》の形がはっきりと分かるよ」

お栄が眉をしかめた。

やせているが、若い娘だからお近のお尻には肉がついている。藍《あい》の無地の着物のときは気づかなかったが、縦縞の着物を着ると、そのお尻が強調される。桃のような、ぷりんと丸くはりきったお尻が目につく。

「そうかなぁ」

そのうえ、襟元《えりもと》をきつく合わせて着ているので、胸がきゅっとしまってお乳のふくらみが目立つ。

「ああ、目の毒だ」

お栄がおおげさに驚いてみせた。

「お近ちゃん、そんな恰好《かっこう》で、暗い道を歩いて来たの？　大丈夫？」

お高はたずねた。

「だって、朝だよ」

お近は屈託がない。こちらは朝のつもりでも、夜の続きの人もいる。この界隈《かいわい》でも、若い娘を狙《ねら》ったかどわかしが起こっている。

「うちで預かっている大事なお嬢さんだから、何かあったら困るのよ」

お高は眉をひそめた。

「お嬢さんじゃないから、心配ないって」

お近はけらけらと笑った。長屋住まいの娘だという意味だろうが、お高には一瞬違う意味に聞こえてはっとした。

お栄も同じだったのだろう。ぎょっとしたように目を見開いた。

ふたりで顔を見合わせて小さくため息をついた。

つまるところ、お近は子供なのである。

お近の目には同じ年ごろの者しか見えていない。舞台ならば、主役が剛太で、憎らしい敵役《かたきやく》がおかねで、お高も、お栄も、店のお客もその他大勢である。

お高とお栄の心配した通り、お客たちはお近の新しい着物に気がついた。

「あれぇ、お近ちゃん、いい着物を着ているじゃないか。女っぷりがあがったよ」

三杯飯を食べながら常連の男が言う。

「魚なら、ぴちぴちの獲《と》れたてだねぇ」

別の男が軽口をたたく。見ていないようで、見ているのである。

「まったく、男っていうのは油断も隙《すき》もない。若い子のことはちゃんと見てるんだから」

お栄が鼻息を荒くした。

「触りそうになるんだよ。いやらしいおやじだ」

お近は腹を立てた。

「だから、そんな着物を着て来たあんたが悪いんだよ。ああ、もう、気になる。面倒くさい。お近は中に入ってな。あたしが店の方をするから」

お栄がかんしゃくを起こした。

しかし、料理をのせた膳は重く、腕に来る、腰に来る。仕事に慣れた、近ごろのお近はてきぱきとよく動いて、客を上手にさばいていた。ところがお栄ではそうはいかない。たちまち入って来た客、勘定《かんじょう》を払う客、出ていく客で、膳を持って右往左往する。一方、厨房もお近では回らない。洗い物もたまるし、盛り付けも追いつかない。お近は半べそをかいた。

てんやわんやのうちに最初の大波が去った。

「お近ちゃん。悪いけど、私の着物を貸すから、着替えてちょうだい」

お高が悲鳴をあげた。

次のお客の波が来る前に、三人で握り飯と汁の簡単な朝ご飯を食べた。

「それで、あんたはあの着物でほおずき市に行くつもりなのかい？　すごい人だよ。誰がいるかわからないんだよ」

お栄は眉をしかめた。

「別に、そんな変な着物じゃないよ。かわいいってお店の人も言ってくれたし、お竹《たけ》ちゃんもそういう着物を着ている」

お竹というのは居酒屋で働いているお近の友達だ。どうやら、それがお近のまわりの流行《はや》りらしい。

「触ってくるほうが悪いんだよ。助兵衛《すけべえ》なんだ」

「そりゃあ、若い娘に色目をつかう男が悪い。あたしだってそう思う。だけど、あんた、何かあってからじゃ、遅いんだよ」

お栄は真剣な顔で言った。

お近は何も言わず、頰をふくらませた。お栄の言葉に耳を傾けるつもりはないらしく、店が終わると、お高に着物を返し、縦縞の着物で足早に帰っていった。

「まったく。若い娘なんだから赤い帯で、かわいい小花模様とか、あの年ごろしか着られないものを着ればいいのに」

お栄はなげいた。

「お近ちゃんのお母さんは、あの着物を見ても、何も言わないのかしら」

お高はそちらのほうが気になった。

「母ひとり子ひとりだって聞いたけど、どんな人なんだろうね」

名をおせんという。仕立物で暮らしを立てていると言ったが、それ以上のことは聞いていない。お近は箸《はし》の持ち方も雑巾《ぞうきん》の絞り方も知らなかったから、日々を過ごすので精いっぱいの暮らしなのだろうか。

「一度、お母さんに会ってみようかしら」

お高はつぶやいた。

お近の住まいは神田《かんだ》にある。

細い路地の奥にある棟《むね》割《わ》り長屋だった。

二棟が向かい合うように建っていて、その間の細い道で子供が遊んでいた。母親らしい若い女がいたので、お高は声をかけた。

「すみません。こちらにおせんさんとお近さんという母子《おやこ》が住んでいませんか？」

「ああ、おせんさんね。それなら、二軒目だよ」

長屋のちょうど真ん中あたりを指さした。

表から声をかけた。

「誰だい？」

低い声がした。

「丸九のおかみのお高です。お近ちゃんに来ていただいている」

お高が言うと、声の調子が変わった。

「開《あ》いてますから、どうぞ。お近が何かしましたか？」

「いえいえ。よく働いてもらって助かっています」

戸を開けて中を見た。

土間があって、その先に板の間がある。そこに座っておせんは仕立物をしていた。口元がお近によく似ていた。お近の年から考えると、三十半ばか。けれど、全体に疲れた感じがして、もっと年上に見えた。

「すみませんねぇ。片づいていなくて」

そう言って顔を上げたおせんは、目を細め、眉根を寄せ、あたりをうかがうようにお高を見た。目が悪いのかもしれない。

お高はそっと周囲を見回した。

部屋の中は薄暗く、むっとするような熱気がこもっていた。けれど、土間のあたりは掃き清められ、きれいに片づいている。

「突然、うかがってすみません」

お高は頭を下げた。

「いえ、いえ、こちらこそ、お近がお世話になってます。狭いところですが、どうぞ、お上がりください。今、お茶をいれますから」

立ち上がろうとしたとき、手が何かをつかむように動いた。

「失礼ですが、目が悪いのではないですか？」

「やっぱり、分かりますか？　もう、ずっと前からなんですけどね、だんだんひどくなってね。だけど、無理に見ようとしなければ、頭が痛くなったりはしないから。仕立物はね、長年やっていますから手が覚えているんですよ。午前中は割合よく見えるのでね、そのときに裁《た》ってしまえば、後はなんとかなるんですよ」

薄く笑った。

「そちらでお給金をいただくので、おかげさまで私も前ほど、根《こん》を詰めなくてもよくなりました」

おせんはまた、頭を下げた。

お近は家ではいつも雑炊《ぞうすい》のようなものを食べていると言い、最初丸九に来たときは鯵《あじ》といわしの区別もつかなかった。箸の持ち方も、雑巾の絞り方も知らなかったのも、理由があった。

「お仕事をしていてください。私がお茶をいれます」

「いえいえ、そんな」

お高が立ち上がったとき、「おせんちゃん、お客さんかい？」と外で声がした。

「お茶を持ってきてやったよ」

がらりと戸が開いて、お近が働いているの女がいた。

「ありがとね。お近が働いている先先のおかみさんなんだよ」

「ああ、そうかい」

少々茶渋がついてはいたが、湯飲みはきれいに洗われて、番茶が湯気をあげていた。

「おせんちゃんはね、働きもんなんだよ。こうやって日がな一日仕立物をして、娘を育てたんだ。お近ちゃんもこのごろ、すっかり明るくなってね。いろいろお店のこととか、楽しそうに話してくれるよ」

女が言った。

「そちらで働かせていただくようになってから、家のこともずいぶんやってくれるようになったんですよ。雑巾の絞り方を教わったって」

おせんが笑みを浮かべた。

「そうだよねぇ。前は、ごちゃごちゃいろいろ出ていたけど、今は、すっかり家の中が片づいて、こざっぱりしているもんねぇ」

女はざっくばらんな調子で言った。

それで、お高も本題に入ることができた。

「あの、縞の着物のことなんですけど。店でも男の人がじろじろとお近ちゃんのことを見るんです。若い娘さんのことだからちょっと心配になってね」

おせんは首を傾《かし》げた。

「ほら、お竹ちゃんとおそろいの縞の着物のことだよ」

「ああ、あの青竹色の縦縞の」

「なんでも、ああいうのが今の流行りだそうですよ。ずいぶん思い切った柄だけど、ああいうのを着れるのは若いうちだけだから」

おせんも女も気にしていない様子だった。

「若い娘が男のひとりにも振り向かれないようじゃ、仕方ないよねぇ。おかみさんも、若い時分には、流行りものを身に着けたでしょ」

女にそう言われて返す言葉がなくなった。

お高も覚えがないわけではない。

あるとき、仲間内で海老茶《えびちゃ》の大きな格子柄《こうしがら》が流行った。

海老茶は難しい色で、大きな格子柄となるとさらにやっかいだ。自分ではいいと思っていたが、似合っていたのだろうか。

袖《そで》を長くするのが流行ったこともあった。

手の甲が隠れて細い指先だけが出るくらいにする。湯飲みを持ったりする姿がかわいらしい、と思っていた。

体の小さい娘はいいけれど、お高は大柄で肩幅もあり、腕も長い。古着屋で裄丈《ゆきたけ》の長い着物を探すのに苦労した。それに、袖が長いとあちこちに引っかかる。それで、よく母に叱《しか》られた。

「ほんと、流行りものには妙なものがあるよね。あたしのときは、海ほおずき。毎日、ぶうぶう鳴らしていた」

女が笑った。海ほおずきは海藻に穴をあけたもので、口に含んで舌で鳴らす。心配するほどのことでもないのか。

お高は少し安心して、おせんの元を辞した。

路地を歩いていると、向こうからお近がやって来るのが見えた。

「あれ、お高さん、どうしたの？」

「近くまで来たから寄ってみた。お近ちゃんのお母さんにまだ挨拶《あいさつ》したことがなかったから」

「そっか」

お近は何か考えているふうだった。

「あんまり貧乏で驚いたでしょ」

「そんなことないけど、目が悪いこと初めて知った」

「もう、ずっとだよ。仕立物する人は、目が疲れるからなるんだってさ」

「お母さん、喜んでいたよ。お近ちゃんが家のこといろいろやってくれるって」

「おかげさまで。丸九に行って、掃除の仕方を覚えたから」

ぺこりと頭を下げると、大人びた調子で言った。

「本当は、今日の着物のことが気になって来たんでしょ」

「まぁ、そうだけど」

お高は正直に答えた。お近は「ふうん」と言ってしばらく黙った。急に顔を上げると、大きな声で言った。

「どうして、分かってくれないのかなぁ。だって、あの着物すてきでしょ。あれを着ると、とっても大人に見える。友達も似合うって言ってくれた。いつものお近ちゃんと全然違うって」

「でも、剛太さんは今のままのお近ちゃんが好きなんじゃないの？」

お高は控えめに言ってみた。

「剛太はいいの。気に入ってくれたらうれしいけど、剛太のために着てるんじゃないもの。あたしは自分で着たいと思ったから着ているんだ。ねぇ、それなのに、どうしてほかの人にあれこれ言われなくちゃならないの？ たかが着物のことなのに」

お近はいらだったように足踏みした。

「お高さんは、まわりの人がどう言おうと、どう思われようと、自分がこうと思ったら進んでいく人だと思っていた。なのに、どうしてあたしがちょっと目立つ着物を着ただけで、あれこれ言う気になったの？ そんなの変だよ」

「そうねぇ。でも、男の人が変な目で見るでしょ」

「何を着てても若い娘はじろじろ見られるんだ。やせてればごぼうみたいだって言われるし、太っていればかぶとか、樽《たる》とか。そんなの気にしていたら、何にもできない」

お近はお高の目をまっすぐに見た。

「お高さんはどうして、作太郎さんにほおずき市に誘われたことを素直に喜ばないの？　茶碗をもらったときも、文《ふみ》が来たときもあんなにうれしそうにしていたのに」

「そうなんだけど」

言葉に詰まった。

「もっとちゃんときれいにして、いそいそして、うれしそうにしていればいいのに。それじゃあ、作太郎さんもつまらないと思うよ」

「だって……」

「聞きたいことがあればちゃんと聞けばいいんだよ。いったい、何をそんなに怖がっているの？　ほかに決まった人がいるかもしれないってこと？　また、どこかに行ってしまうかもしれないこと？　そりゃあ、作太郎さんはすてきな人だから、いいと思っている女の人はたくさんいるよ。決まった人がどこかで待っているかもしれない。だけど、そんなのしょうがないじゃない。とにかく今は江戸にいるんだから、いっしょにいられるときを大事にしようよ。そうしてよ。今みたいにぐずぐずしているお高さんはつまらない。がっかりだ」

思いがけず激しい言葉だった。

子供だと思っていたお近に、言われてしまった。

ほおずき市が翌日に迫った朝、剛太はおかねを連れて丸九にやって来た。ちょうどお客の少ない時間だった。

「お近ちゃん、おはよう。おかねだよ」

剛太は無邪気にふたりを引き合わせる。

「はじめまして、おかねです」

おかねは元気よく挨拶する。

「よろしく……」

お近も言葉少なに返した。

おかねは海辺の町で育った娘らしく、よく日に焼けていた。手足が長く、猫のように目じりが少しあがっている。

「剛太が言うから、朝から水も飲んでいない。ああ、お腹《なか》ぺこぺこ」

「そうか。ここの朝飯はうまいんだよ」

その日は鯵《あじ》の一夜干しにおからの炒《い》り煮、なすのぬか漬けとしじみのみそ汁、甘味《かんみ》は寒天に蜜《みつ》漬《づ》けの青梅を浮かべたものだ。天日で干した肉厚の鯵は炭火でこんがり焼いている。

「おいしいねぇ。鯵の干物は毎日食べているけど、この店のほうがうちのより何倍もおいしいよ」

おかねはお高とお栄を喜ばせるようなことを言った。それはお世辞ではなく、心から出た言葉だった。おかねはご飯をお代わりし、白い歯でぽりぽりとたくわんを音をたてて食べた。

「おかねさんは、江戸は初めて？」

お高はたずねた。

「親戚があるので、何度か来たことがあります。でも、浅草のほおずき市は初めてです」

「そう、じゃあ、楽しみねぇ」

「はい。大きな鉢《はち》は無理だけれど、小さいのなら持って帰れるかなって思っています」

はきはきと答えた。

「海辺の生まれなら、あんた、泳げるの？」

お栄がたずねた。

「もちろん。小さいころから泳いでいました。剛太とはよく泳ぎっこしたんです」

剛太と呼び捨てにしたので、お近の目が鋭くなった。

「最初、俺はずっと負けてたけど、八つのときに勝って、それからずっと勝っている」

「だって、おかあちゃんが襦袢《じゅばん》を着なくちゃだめだって言うから、速く泳げなくなったんだ」

おかねは口をとがらせた。どうやら子供のころは、はだかんぼで泳いでいたらしい。

そんな話を無邪気な顔をして言うのが、お近は気にさわるらしくどんどん表情が固くなる。その様子をおかねはちらりと見た。

案外、おかねも幼なじみが取られたような気がして面白くないのかもしれない。

そんな女ふたりの様子に剛太は気づいているのか、いないのか、のんきな様子をしていた。

「剛太、今日はまだ少し時間があるんでしょ」

「うん。少しだったらいいよ」

「じゃあ、買い物に付き合ってよ。お土産《みやげ》を買うのを頼まれているんだ」

おかねに言われて、剛太はいっしょに店を出ていった。

「ね、ああいうところが嫌なんだよ。土産だってひとりで買い物に行けばいい。なんで剛太を誘うんだよ。剛太も剛太だ。なんでついていってやらなくちゃならないんだ」

お近は鼻息を荒くした。

「まあまあ、三人仲良くね」

そう言うお栄は、面白いことになってきたという顔をしていた。

翌朝、お近はいつもの藍色の着物を着て来た。手には風呂敷《ふろしき》包みを持っている。どうやら仕事が終わったら、縞の着物に着替えるつもりらしい。

自分が着たいから着る、剛太のためではないとお近は言った。

けれど、そういうお近の頭におかねのことがないとはいえない。

ほおずき市に行って剛太とお近、さらに剛太の友達がふたり加わって五人で連れ立ってぞろぞろと歩く。それだけのことだ。なにがあるというわけでもあるまい。

それでも、お近はおかねに勝ちたい。女の意地をかけているらしい。声がいつもより高い。頰が紅潮している。

朝から気合が入っているのが分かった。

その男は船頭と聞いていた。ひと仕事を終えて、水をかぶって汗を流し、一杯ひっかけて来たらしい。少し酒の匂いがした。

膳を運んできたお近に言った。

「ねえちゃん、細い足首だねぇ。俺の手でつかめるんじゃないのか」

「ちょっと、お客さん。汁が熱いから危ないって。そういうのやめてくれない?」

お近が高い声で言った。

いつもだったらもう少しやさしい言い方をしたかもしれない。だが、ほおずき市に出かける日だから、お近は気持ちが張っている。忙しい時間で店は混みあっていて、人にぶつかりそうだったのだ。

「なんだよ、いいじゃねぇか」

男は腕をのばしてつかもうとした。両手が膳を持つのでふさがっているお近はとっさに叫んだ。

「ばか、やめろってば」

男は一瞬ぎくりとした。怒りで顔が赤くなった。

「お客に向かってそんな言い方はねぇだろ」

お近の持つ膳に腕がぶつかり、汁がこぼれて男にかかった。

「なにすんだ。熱いじゃねぇか」

男が叫んだ。隣にいた男たちはすばやく体をそらし、席を離れた。

「すみません」

「謝れ。そんなんじゃなく、もっとちゃんと謝れ」

大声が店に響いた。

お高は急いで出ていった。

「お客さん、申し訳ありませんでした。やけどは大丈夫ですか?」

乾いた手ぬぐいを差し出した。

「熱いよ。やけどしたみたいだ。まったくこの女のせいだよ。ひでえめにあった」

「ほかのお客さんにも迷惑がかかりますから、少し動いていただいてもいいですか?」

やんわりと言って店の外に連れ出そうとした。

過去にもなんどか、店で騒ぐ客がいた。そのたび、お高とお栄で収めてきたのだ。少々騒がれたくらいでは慌てない。

お栄は目でお近に厨房に戻るように指図し、自分が膳を運びはじめた。お高とお栄が落ち着いているので、ほかの客もわれ関せずという様子で食べることに集中しはじめた。

「なんだよ。外に出ろってか。あんたじゃ、話になんねぇよ。主人はいねぇのか」

「私がこの店のおかみです。この店は酒場ではないので、店にいる女は酌《しゃく》をしません。女に触れられては困ります」

「なんだとぉ。気取ったこと、言いやがって」

男は大声を出した。そのとき、常連の客がお高の横にやって来ていつもの調子で言った。

「ごちそうさん。お勘定はそこにおいたよ」

そのまま、何ごともなかったように出ていく。

別の客も勘定をおいて出ていき、新しい客が入って来て席に着く。

店で騒いでいるのは男ひとりだ。

誰も注目していない。

気勢をそがれた男は気を取り直し、もう一度声を張り上げようとした。

なぜか男の声がひっくり返り、しゃっくりが出た。

「おい……。ひっく。だから……。ひっく」

お栄が湯飲みに水を入れ、箸を十字にのせて持ってきた。

「お客さん。この箸の間から少しずつ水を飲んでくださいね。そうすると、しゃっくりが止まりますから」

子供をあやすように言う。

かっこ悪いやつだな。

そんな客たちの目が男に集まっている。それを感じたのか、男はすごすごと出ていった。

「さすがの裁量でしたねぇ。感心しましたよ。ああいう輩《やから》はやっかいだ。下手にでるとつけあがるし、だからといってけんかを売るわけにもいかない」

茶せん髷《まげ》を結《ゆ》った老人はそう言って出ていった。いつの間に来ていたのか、双鷗《そうおう》画塾《がじゅく》の主《あるじ》だった。

「お高さん、お栄さん、すみません」

客の波が一段落したとき、お近はふたりに頭を下げた。

「いいのよ。でも、いろんなお客さんがいるから言葉には気をつけてね」

お高は言った。

「やっぱり、お高さんはすごいと思いました。生意気を言いました」

お近が申し訳なさそうな顔をしている。どうやら昨日のことを言っているらしい。

「なんのこと？」

お高は笑った。

そんなことがあったが、お近は仕事を終えると、縞の着物を着て約束の場所に向かった。

――あたしは自分で着たいと思ったから着ているんだ。

その言葉通り、しゃっきりと胸を張っていた。

お近を見送って二階にあがった。

お高は簞笥《たんす》の引き出しを開けると、白地に菊を散らした夏の着物を取り出した。

春と秋は藍色の麻の葉模様、夏は菊。それで回している。

薄く化粧して髪を直した。玉かんざしを挿《さ》すと、少しだけいつもと違うお高になった。


約束の茶店に行くと、作太郎は若い男といっしょに待っていた。

「画塾の仲間です。みんなにはもへじと呼ばれています」

お盆のような丸い平らな顔に細い目、下がり眉をしている。どこかで見たような顔だと思ったら、へのへのもへじである。

「この男はとにかく絵を描《か》くことが好きなんです。四六時中、筆を放さない。いつも何か描いているんですよ」

作太郎が言った。双鷗画塾には絵が好きな者が集まっているが、もへじはその中でも飛びぬけているらしい。

「子供のときから、とにかく何か描いていたんですよ。紙がなければ地面に描く、壁に描く、襖《ふすま》に描く。それで、よく怒られました」

もへじは頭をかいた。

「そういえば昔、涙でねずみの絵を描いた人がいましたね」

お高は思い出して言った。室町時代の画家雪舟《せっしゅう》の子供時代の逸話だ。

「それは雪舟でしょう。大丈夫、私は雪舟にはなれませんから。安心してください」

何を安心せよというのか。もへじは人のよさそうな顔で言った。

四万六千日の祭礼だから、境内《けいだい》は参拝する人でいっぱいだった。両側にはずらりとほおずきの露店が並んでいる。鮮やかな朱色と緑の葉が入り混じって、にぎやかなことこの上ない。

もへじはさっそく矢立《やたて》と巻紙を取り出した。三人で歩いていてもつと立ち止まると筆を走らせた。

ひと息ついたとき、細い目がさらに細くなっていた。

「こんなふうに簡単に描いておくと、後で見たときに思い出せるんですよ」

もへじは言った。

手元をのぞきこむと、腰をかがめてほおずきをながめている老人、売り子と値段の交渉をしている男、子供を肩車した父親、飴《あめ》をなめている幼い兄弟、その間を駆け抜ける犬がいた。

いきいきとして楽しそうだ。

「本描《ほんが》きになったものを見せたいな。本当にいい絵なんですよ」

作太郎が言った。

三人はほおずきの小さな鉢をひとつずつ買い、近くの茶店に寄った。

「きれいな色だな」

もへじはうれしそうに鉢をながめている。

「作太郎さんはしばらくは江戸にいらっしゃるんでしょう」

お高はたずねた。

「そのつもりでいます。でも、分からないなぁ」

作太郎は首を傾げた。

「お前は風来坊《ふうらいぼう》だからな。先生もね、もったいないとおっしゃるんですよ。絵でも、焼き物でもいい。しっかりと腰を落ち着けて仕事をしたら、それなりのものになれるのにって」

もへじが言った。

「失敬なやつだ。風来坊じゃないさ。本当はどこかに帰りたい。帰る場所を探しているんだ」

作太郎は笑いながら答えた。

「江戸は帰る場所ではないのですか？」

お高は作太郎の言っている意味がよく分からなくてたずねた。

「江戸は好きです。でも、江戸の生まれではないせいか、しばらく江戸にいると息がつまってくる。どこかに出かけたくなる。自分がいるべき場所はここではないという気持ちになるんです。そのくせ、別の場所に行くと江戸が恋しくて仕方がない。自分がいる場所は江戸しかない。そんなふうに思える。それで行ったり、来たり。困ったものだ」

「そのわがままが通るから、立派だ」

もへじがからかうような口調で言った。

お高はますます作太郎という男が分からなくなった。

「ごめんなさい。立ち入ったことを聞いて。それじゃあ、どうやって暮らしを立てているんですか？」

「食客《しょっかく》です。早くいえば居候《いそうろう》ですよ」

作太郎は当然というように答えた。

古い唐土の物語に出てくる食客は、武人の家に現れて知恵を授けたり、命を懸《か》けて戦ったりする。

「いやいや、そんな立派なものではなくてね。ほら、以前、俵物《たわらもの》の長谷勝という店で話を聞いたでしょ。旅の仏師《ぶっし》がやって来てしばらく逗留《とうりゅう》し、お礼に大黒《だいこく》様を彫ったという話。あれですよ」

「え、では……」

お高は言葉に詰まった。そこでは毎日酒を飲んで、ぶらぶらしていたそうだ。

「乞食同然の姿でやって来て、酒浸りで、そのうえ最後にみんなが驚くような物を残すなんて伝説の人のすることですよ。あの人は本物です。私はそんな大それた人間じゃない。ちょっとものを知っているふうな顔をして、分かったふうなことを言う。頼まれれば絵も描くし、皿も焼く。店の表にかける大きな扁額《へんがく》を彫ったこともありますよ。それもこれも双鷗画塾の看板があるからできるんです。いい加減な男です」

他人のことのようにあっけらかんと言った。

もへじは横でにやにや笑っている。

本当にそんなことをして暮らしていけるのだろうか。

そもそも、この話を鵜《う》呑《の》みにしていいのか。裏には、なにか大きなからくりがあるのではないか。

いや、作太郎にそうした裏があるとは思えない。

とにかく、今、分かったのは住んでいるところも決まっておらず、仕事もはっきりしないということだ。

——そりゃ、また、やっかいな人を好きになったもんですねぇ。

お栄の声が聞こえたような気がした。

お高は足元においたほおずきの鉢をながめた。漢字では、たしか鬼灯と書いたはずだ。ずいぶん怖い字だ。どうして、そんな字をあてることになったのだろうか。

突然、お高は気づいた。

作太郎はまたどこかに行ってしまうかもしれない。

「しばらくは、江戸にいらっしゃるんですか？」

お高はもう一度、恐る恐るたずねた。

「ええ。まだしばらくは」

お高の考えるしばらくは、どんなに短くても三月《みつき》。ふつうなら半年、一年を意味する。

けれど、作太郎の考えるしばらくは、どのくらいだろう。

なにしろ居候をしている男なのだ。

お高とは考えることも、することもまるで違う。

どうも、またすぐ出かけてしまいそうな気がする。

「しかし、丸九の飯はうまいなぁ。ああいう飯が毎日食べられたら、これ以上の幸せはないな」

作太郎が突然言った。

「は？」

どういう意味だろう。お高の頬が染まった。

「丸九さんは仕出しをお願いできないのですか？」

そっちの意味か。

「夜なべ仕事は腹が減る。夜中、腹が減ったときに、あの飯が食べられたらうれしいなぁ。いや贅沢《ぜいたく》は言わない。握り飯で十分だ」

作太郎は、うっとりとした目をした。

「あいすみません。とっても無理です。うちは夜明けから店を開けてますから、夜なべ仕事の握り飯までつくったら、みんな疲れて倒れてしまいます」

「そうでした。失礼しました。客の勝手なわがままでしたね」

作太郎は軽く頭を下げた。

そのとき、道の向こうからやって来る青竹色の縞の着物が見えた。お近とおかね、剛太とその連れの五人だ。遠目にもお近の派手な着物は目立つ。

そのお近にふらりと近づいて来たふたり連れがいた。

何か話しかけている。と、思ったら、突然、悲鳴のような声があがった。

「なにをするんだ」

「やめて。その手を放してよ」

お高は考えるより早く駆けだしていた。

たちまちばらばらと人が集まって来て、お近たちの姿は見えなくなった。お高はその人波をかきわけながら、前に進んだ。

「すみません。知り合いなんです。前へ通してください。店で働いている子たちなんです」

だが、その声は集まって来た人たちの声にかき消されてしまう。

「なんだよ。きれいな着物だから、ちょっと見せてくれって言っただけじゃねぇか」

「腕を放してくださいよ」

「おい。やめろって言ってんだろ」

どこかくずれた感じのする若い男がお近の腕をつかんでいる。もうひとりもお近をはさむように立って、剛太ににらみをきかしていた。

助けなければ。

前に出ようとしたお高の袖がぐいとつかまれた。もへじがいた。

「お高さんが出ていったら、ますます騒ぎが大きくなりますよ。大丈夫、作太郎がなんとかします」

作太郎がおだやかな顔つきで出ていって、お近の腕を持った男に何か話しかけた。もうひとりにも声をかける。男はお近を放し、三人でしばらくしゃべっていたが、やがて男たちは去っていった。

なにが起こったのか分からない。

「いやいや。ちょっと知った人たちだったんで」

それだけ言うと、作太郎ともへじは帰っていった。集まっていた人々もいつの間にか去っていき、お高の前にはお近と剛太とおかねが残された。剛太の友だちは帰ったらしい。

「作太郎さんはふたりに何を話したの？」

丸九にもどる途中、お高は剛太にたずねた。

「小さな声で話をしてたから、聞こえなかった。俺は怖くて何もできなかった」

剛太はひどくしょげていた。

もっと怖かったのはお近である。緊張がとけたのか、しばらくするとしくしく泣きだした。なぐさめていたおかねも、ぐすぐすと鼻を鳴らした。

丸九で留守番をしていたお栄は、べそをかいたお近とおかねを見て驚いた。話を聞くと眉をひそめた。

「だから言わんこっちゃない。たまには年上の言うことも聞くもんだよ」

お近もおかねも剛太もうなだれていた。

「悪いやつはどこにだっているんだ。人ごみに行くときは、財布をすられないように用心するだろ。若い娘は自分の身のことを考えないとね」

お栄の言葉にお近はまたしくしく泣きだした。

熱いお茶をいれ、井戸水で冷やしたびわの実の蜜煮を食べた。

びわの実のやさしい甘さが怖さや後悔でとげとげした気持ちを癒《いや》してくれたようだ。

お近もやっと泣きやんだ。

「ごめんなさい。みんなに心配されていたのにこの着物を着ていった。みんなを嫌な気持ちにさせてしまった」

頭を下げて謝った。

「いいよ。いいよ。しょうがないさ。若いときは二度とないんだ。あんたが悪いんじゃない。向こうが悪いんだ。これからも好きなものを着な」

やさしい顔でお栄が言った。お近とおかねは意外そうに目を上げた。

「なんだよ、そんな顔をして。あたしだって若いときがあったんだよ。今じゃ鏡を見るたびにがっかりするから見やしないけど、派手な髪型をしたこともあるし、粋《いき》な着物を仕立てて得意になっていたときだってあるんだ。その着物はあんたによく似合っている。今のあんたにしか着られない着物だ。若いときは二度とないんだ。どんどんおしゃれをしな。それで、楽しむんだよ」

「そうね。自分が着たいから着たんでしょ。だったら堂々と着ればいいのよ。私もそうするわ」

お高の言葉に、お近は涙をためた目でうなずいた。

三

夕方、お高が店の片づけをしていると、ふらりと政次が丸九にやって来た。

「聞いたよ、昼の話。悪かったな。剛太にはお前がお近を守らなくてどうするって、よく言い聞かせておいた」

床几《しょうぎ》に腰をおろした。

お高は茶を出した。

「それで、その遊び人ふたりを例の作太郎ってやつが追っ払ったんだって？」

どうやら話の本題はそちららしい。

「そうなのよ。なにか話をして、男がおとなしく引き下がったの」

ふうんと、政次は鼻を鳴らした。

「気に入らねぇな。あいつ、やっぱり堅気《かたぎ》じゃねぇぞ。半ぐれの粋《いき》がった若い衆をどうして、そんなに簡単に追っ払えたんだ」

お高の顔をちらりと横目で見る。

「何を話していたのか分からないんだもの。なんとも言えないわ」

「剛太から聞いたけど、あいつ、住むところが決まってないんだって？」

帰りがけ作太郎のことが話題になって、お高は食客《しょっかく》をしていると言ったのだ。

「食客ってなんだよ」

「お大尽《だいじん》の家に逗留《とうりゅう》して、絵を描《か》いたり、焼き物をしたり……」

「居候《いそうろう》か？」

「まあ、早く言えば」

「なんだ、そりゃあ。風来坊《ふうらいぼう》か。だめだな。あいつとは、もう付き合わないほうがいい」

政次は断言した。

「なんで、私のことを政次さんが決めるのよ」

「ばかやろ。心配してんだぞ。考えてもみろよ。いい年して住むところもない、仕事も決まってない。他人の家でごろごろして飯を食わしてもらう。そういうやつのどこがいいんだ」

「いいとは言ってないでしょ」

「じゃあ、なんで、ほおずき市に行ったんだ」

いつから政次はお高の監視役になったのだ。

「誰と行こうと、私の勝手でしょ。双鷗《そうお》画塾《がじゆく》のお仲間が江戸が初めてだって言うから案内したのよ。その人、絵描きでたくさん絵を描いていたわ」

政次は鼻を鳴らした。

「さすが双鷗画塾だよ。みんな、そういう看板に惑わされるんだ。田舎《いなか》のお大尽なんか、イチコロだよ。長谷勝のばあさんも、作太郎には愛想よくしてた」

「そんなに作太郎さんのことが気に入らないの？」

「あたりめぇだろ。仕事ってのは毎朝、寒くても眠くても起きてさ、やることをきっちりとやる。時にはやりたくないこともしなくちゃならねぇ、下げたくない頭も下げるんだ。その積み重ねが人をつくる。好きなことだけ、適当にやっているやつなんか、信用できるか。あいつは根っからの風来坊だぞ。そのくせは一生直らない。お高ちゃん、そんなやつをまともに相手にしちゃなんねぇ」

「政次さん」

お高が改まった声を出したので、政次はびっくりしたように見た。

「私は作太郎さんのことをいいお客さんだ、信用できる人だと思っている。政次さんは昔からのお友達だけれど、あれこれ言われる筋合いはないと思うの」

「なんだよ」

政次は目を見開いた。

「今日、お近ちゃんを見て、思ったの。派手な着物を着てたから、こっちはいろいろ気を回して心配したのよ。でも、あの子は自分が着たいから着てるんだって言ったの。ねぇ、それってかっこよくない？　人からちょっと何か言われたぐらいで、どきどきするのはやめるの。自分がそうしたいと思っているんだから、堂々としていればいいのよ」

「なんだ、それ。意味が分からねぇよ」

ぶつぶつ文句を言いながら、政次は帰っていった。

そう思ったら作太郎の顔を見たくなった。差し入れを持っていこうと思い立った。

お高は白いご飯を炊いて、たくさんお握りをつくった。中身は梅干ときゃらぶき、小魚の佃煮《つくだに》。おかずはかぼちゃの煮物とたくわんだ。

出来上がると、夕飯時はとうに過ぎていた。

双鷗画塾へは何度か行ったことがある。

裏口に回って声をかけると、学生らしい若い男が出てきた。

「丸九という一膳めし屋です。作太郎さんはいらっしゃいますか？」

呼ばれて作太郎がやって来た。仕事着らしいくたびれた藍色《あいいろ》の着物を着ている。

「先ほどはありがとうございました。おかげでお近たちも無事に家に帰りました。お口汚しですが、握り飯です。夜食にでも食べてください」

その言葉に作太郎の顔が輝いた。

「いやあ、うれしいなぁ。戻ったら、こっちはなんだか大変なことになっていて、白湯《さゆ》の一杯も飲まずに仕事をさせられていたんですよ」

　無邪気な様子で手放しで喜ぶ。

「あら、じゃあ、数が足りるかしら？」

「大丈夫。お高さんのくださった分は先生と私たちで食べますから。そうだ。中を見ていきますか？」

　一階の板の間では十五人ほどの学生が思い思いに絵を描いていた。その部屋を抜け、廊下を進むとさらに大きな板の間があった。部屋一面に紙が敷かれ、その上に木枠《きわく》が組まれている。もへじが木枠に乗って、墨で下絵の線を引いていた。

　木枠を歩いて渡っている姿は絵描きというより、大工のようだ。

「天井画なんですよ。ここだけの話ですが、ほとんど出来上がっていたんですよ。ところが先生が今日の午後になってこれは違う、だめだとおっしゃってやり直しです。約束の日は迫っているからみんな大慌てですよ」

　作太郎は小声でささやいた。

　襖《ふすま》が開いて、茶せん髷《まげ》を結《ゆ》った、やせて小さな体の老人が入って来た。双鷗だった。

「先生、丸九のおかみさんです。今日は夜なべ仕事の握り飯を持ってきてくださいました」

作太郎が言うと、双鷗は顔をほころばせた。

「それはありがたい。以前、上手に飯を炊く塾生がいたんです。その男が上方《かみがた》に行ってしまってからは、ひどい飯ばかりだ。今日は焦《こ》げくさくて固いと思うと、翌日は水っぽい。上手に炊こうという志《こころざし》が感じられない。丸九さんにも行きたいけれど、毎日というわけにはいかないし」

それを聞いて、お高の世話焼きのくせが出た。

「せっかくだから、汁も用意しましょうか？　以前、台所を見せてもらいましたから、だいたいのことは分かります」

双鷗は礼を言い、手助けにと若者をひとりつけてくれた。案内されて台所に行くと、ふたりの若者が食事の用意をしていた。かまどの火が盛大に燃えて、釜《かま》から白い泡があふれている。一方、汁をつくるつもりらしい大鍋《おおなべ》はまだ水で、そこに青菜を丸ごと入れようとしていた。

「すみませんねぇ、ちょっと見せてくださいね」

お高が言うと、若者たちはほっとしたような顔になった。

「こんなふうで、ご飯は炊けているでしょうか？」

「汁っていうのは、どうつくるんですか？」

どうやら何の引き継ぎもなく、台所係を任されているらしい。

棚にはみそと油、醤油《しょうゆ》があり、桶《おけ》には青菜にごぼう、かぶが見えた。だが、かつお節も煮干しもないらしい。

お高は若者たちといっしょにごぼうの皮をこそげ、鍋に入れてかるく油で炒《いた》めた。そこに水を加える。

「こうするとね、ごぼうからおいしいだしが出るのよ。かぶや大根のように土の中のものは水から、葉っぱは土の上にあるから煮立ってから加える。みそを溶きまぜたらぐつぐつ煮てはだめ」

若者たちは大きくうなずいた。

出来上がったみそ汁を双鷗のところに持って行くと、目を細めた。

「いい香りだ。うちの台所でどうして、こんなうまいものが出来るのか、まったく不思議だ。修練を積むというのはこういうことなんですね」

握り飯とかぼちゃの煮物、たくわんとみそ汁の食事をおいしそうに食べた。

お高が食後のお茶をいれると、双鷗は言った。

「ここは面白いところでしょう。みんな少しばかり変わっているでしょう。当たり前なんですよ。絵を描いて生きていこうなんて、ふつうの人間は考えない。もっとまともな、畑を耕したり、物を売ったり、そういうあてのある暮らしをしようと思うものなんです」

政次の言った言葉を思い出してお高はほほえんだ。

「今まで、いろいろな若者を育ててきました。なすはなすの実がつきます。桜は桜の花が咲く。ところが困ったことに、人はどんな花が咲いて、実がつくかわからない。きれいな花が咲くだろうと心待ちにしていると、ぽとりとつぼみが落ちてしまうこともある。反対に、枯れたと思った苗が生き返って、かわいらしい野辺《のべ》の花を咲かせることもある。私にできることは、せいぜいせっかく芽吹いた若葉が虫に食われたり、根が腐って枯れてしまわないよう見守るだけなんですよ。面白いですよ」

お高の顔を見た双鷗の瞳は驚くほど澄んでいた。

梅雨はすっかり明けて、真夏の日差しが照りつけるようになった。

壺《つぼ》に漬けた梅干を裏の空き地に干した。

赤じそで染まった実は夕方になると、中の水気が抜けてしわが寄り始め、茶色みを帯びてきた。だが、まだ丸々としている。

三日三晩が過ぎると、ようやく梅の実の水気はとんで梅干らしい姿になった。

たたいた梅干と青じそをきゅうりと和《あ》えて、お膳《ぜん》にのせた。

「おや、初物《はつもの》ですね」

惣衛門は目ざとく気づいた。徳兵衛とお蔦も喜んでいる。

塩はまだ熟《な》れず、どこかに甘酸っぱい香りが残っている。この季節だけの梅干のおいしさだ。

「裏から失礼します」

声とともに、作太郎が顔をのぞかせた。

「先日はごちそうさまでした。おかげで、天井画も無事に納められました」

「それはよかったですね」

答えたお高は作太郎が旅姿をしていることに気がついた。

「急に思い立って出かけることにしました」

「今度はどちらに」

「海の方です」

かるく頭を下げ、去っていこうとする作太郎をお高は呼び止めた。竹皮に五粒ほど梅干を包んで手渡した。

「今年の梅干が漬かりました。お持ちください。梅はその日の難のがれといいます。どうぞご無事で」

「それはありがたい」

あっという間に姿が消えていった。

「また、行っちゃった」

お近が言った。

「双鷗画塾の人はみんな少し変わっているの。それを面白がらなくちゃだめなの」

お高の言葉に、お栄は「そりゃあ強がりってもんだ」と小さく言って舌を出した。

店から徳兵衛たちの声が聞こえてきた。

「梅干とかけて、手妻《てづま》（手品）ととく」

「はいはい。その心は……」

「どちらも種があります」

笑い声が続く。

お高は裏の空き地に出た。作太郎の姿はとっくに消えて、家々の屋根の向こうには青い空が広がり、白い入道雲が浮かんでいた。風は潮《しお》の香《か》を含んでいる。きっと遠くの海から吹いてきた風だろう。目を細めると大海原が見えたような気がした。群青《ぐんじょう》の海がどこまでも広がっている。

胸の奥が痛む。切ない気持ちがする。けれど悲しくはない。なぜなら、作太郎が江戸に戻って来るのが分かっているから。そのときはきっとまた丸九を訪ねてくれるだろう。

夏ははじまったばかりだ。

お高の料理指南

意外に簡単かつおの煮つけ

ご飯に合うちょっと濃いめの甘辛味です。
しょうがを効かせています。

【材　料】
かつお（切り身）……150g
しょうが……1／2片

（煮汁）
しょうゆ……大さじ1／2
酒……大さじ1／2
砂糖……大さじ1
水……1／4カップ

【作り方】
1 かつおは食べやすい大きさに切る。しょうがはせん切りにする。
2 鍋に煮汁の材料を合わせて煮立て、かつおを入れて落とし蓋をして中火で3分ほど煮る。火からおろし、そのまま冷まして味を含ませる。
3 かつおを取り出し、煮汁をとろりとするまで煮詰める。
4 かつおを戻し、汁をからめる。

初夏の楽しみ　豆ごはん

えんどう豆はさやから出すとすぐに固くなるので、できればさやつきを買いましょう。炊き込むと色は悪くなりますが、えんどう豆ならではの風味が味わえます。

【材　料】
米……2合
えんどう豆（さやつき）……150〜200g
塩……小さじ1と1／3
酒……大さじ1／2

【作り方】
1　えんどう豆はさやから取り出して、さっと洗う。
2　米は研いで炊飯器に入れ、普通の分量の水を加えてえんどう豆と塩を加えてさっと混ぜて炊く。
3　炊きあがりに酒を加えて混ぜる。

涙も引っ込む　あんずの蜜煮

干しあんずで手軽に作ります。江戸前の、甘めの味付けです。

【材　料】干しあんず……200g
（煮汁）砂糖……60g
水……1カップ

【作り方】1 干しあんずはさっと洗って、煮汁と合わせ、中火で5分ほど煮る。そのまま冷まして味を含ませる。

＊さっぱり味が好みなら、レモン汁を少し加えていただく。

本書は、ハルキ文庫のために書き下ろされた作品です。

時代小説文庫
な 19-2

浮世《うきよ》の豆腐《とうふ》 一膳《いちぜん》めし屋《や》丸九《まるきゅう》㊁

著者 中島久枝《なかしまひさえ》

2019年10月18日第一刷発行

発行者 角川春樹

発行所 株式会社 角川春樹事務所
〒102-0074 東京都千代田区九段南2-1-30 イタリア文化会館

電話 03(3263)5247[編集] 03(3263)5881[営業]

印刷・製本 中央精版印刷株式会社

フォーマット・デザイン＆シンボルマーク 芦澤泰偉

ISBN978-4-7584-4296-1 C0193

http://www.kadokawaharuki.co.jp/[営業]
fanmail@kadokawaharuki.co.jp[編集] ご意見・ご感想をお寄せください。

中島久枝の本

一膳めし屋丸九

日本橋北詰の魚河岸のほど近く、「丸九」という小さな一膳めし屋がある。うまいものを知る客たちにも愛される繁盛店だ。たまのごちそうより日々のめしが体をつくるという、この店を開いた父の教えを守りながら店を切り盛りするのは、今年二十九となったおかみのお高《たか》。たとえばある日の膳は、千住ねぎと薄揚げの熱々のみそ汁、いわしの生姜煮、たくわん漬け、そして温かいひと口汁粉。さあ、今日の献立は？　おいしくて、にぎやかで、温かい人情派時代小説。